kaktus
w sercu

Barbara Jasnyk

kaktus
w sercu

 tvn

1

„Chyba zaraz odfrunę" – pomyślała Ania, walcząc z gwałtownymi porywami wiatru, który hulał po praskiej ulicy pomiędzy opuszczonymi ruderami przedwojennych fabryk.

Postawiła kołnierz płaszcza i przyspieszyła kroku. Nie mogła zrozumieć, skąd wzięła się ta miłość Magdy do obdrapanych kamienic i wybrukowanych kocimi łbami jezdni. Szybciej można tu było skręcić nogę niż znaleźć jakiś przyczółek cywilizacji. Minęła właśnie porzucony wrak starej warszawy, dla wtajemniczonych znak, że są w pobliżu pracowni.

Była już na miejscu. Spojrzała w okna dużego budynku dawnej fabryki opakowań szklanych Glass First Class. Obecnie jej dyrektorem, pracownikiem i rezydentem w jednej osobie była najlepsza przyjaciółka Ani. Studio nosiło wdzięczną i zarazem nic nieznaczącą nazwę Banialongo. W jednej z szyb zobaczyła cień poruszającej się w oknie sylwetki.

Uśmiechnęła się do siebie. Warto było przedrzeć się przez fabryczne labirynty. Ania uwielbiała niepowtarzalny klimat studia, gdzie wśród kolorowych słoików i starych butelek po oranżadzie można było znaleźć najdziwniejsze rzeczy. Zardzewiałe szczypce, porcelanowe korki o wymyślnych kształtach czy składowane w specjalnych pojemnikach pigmenty, które od stu lat nie straciły barwy.

Na metalowych stołach ciągnących się wzdłuż wielkich okien walały się kartony ze szkicami Magdy – świeżo upieczonej absolwentki Akademii Sztuk Pięknych – której dyplomowy pokaz rzucił na kolana najstarszych wyjadaczy w branży. Nad wszystkim kołysały się blaszane klosze lamp poruszanych wdzierającym się do środka wiatrem.

Ania nie mogła zrozumieć, dlaczego jej przyjaciółka od miesięcy nie wstawia wybitych szyb, tylko czasem, w samym środku zimy, kiedy nie sposób tam wytrzymać, zasłania je czymkolwiek, co wpadnie pod rękę.

Żelazne schody zatrzęsły się od pospiesznych kroków Ani i w chwilę później u ich szczytu pojawiła się Magda.

– Cześć, latawico – rzuciła ze śmiechem, spoglądając na przemarzniętą przyjaciółkę. – Myślałam, że porwał cię wiatr – dodała i cofnęła się, aby wpuścić ją do środka.

Ania padła z impetem na kanapę i nie czekając na zaproszenie, złapała filiżankę z gorącą herbatą. Pociągnęła łyk i zsunęła z ramion płaszcz. Jak zwykle wszędzie paliły się lampy. Dopiero teraz spostrzegła, że coś się zmieniło. W pracowni pojawiło się kilka nowych manekinów. Magda namiętnie skupowała je z plajtujących sklepów, a największym w tej dziedzinie sukcesem było ogołocenie likwidowanego domu towarowego, skąd pochodziły prawdziwe perły jej zbiorów.

– Jakieś nowe typki? – upewniła się Ania, z rozbawieniem przyglądając się rosnącej kolekcji. – Jak ty możesz z nimi tu przebywać? Gapią się na ciebie całymi wieczorami...

– Lepsze to niż kolesie z klubów – wtrąciła Magda. – Oni nie tylko się gapią, ale sami domagają się uwagi. A jak się odezwą, to po prostu porażka. – Magda uniosła w górę brwi.

– Ci też nie mają za dużo do powiedzenia – zauważyła Ania. – Zresztą przy tobie zaniemówiłby każdy, nawet najbardziej wygadany facet.

– Zdecydowanie wolę tych – wskazała nieruchome manekiny Magda. – Przynajmniej są cierpliwi, jak ich ubieram. Tamci chcą być tylko rozbierani.

Wybuchnęły śmiechem. Głupawka była zaraźliwa i jeszcze w czasach, kiedy chodziły do liceum, potrafiła je dopaść w najmniej oczekiwanym momencie. Gorzej, jeśli niespodziewanie łapała w szkole podczas lekcji. Trzymała je wtedy całymi godzinami, lekceważąc wszelkie normy rozsądnych zachowań.

– No dobra. – Ania uspokoiła się i spojrzała prowokacyjnie na przyjaciółkę. – Ze mną tak łatwo ci nie pójdzie.

– Wiem, wiem... będziesz marudzić. Nie może być za kolana, Wiktor nie lubi czerni, wernisaż to nie wybieg, a ja nie jestem modelką... – Znakomicie naśladowała Anię, spacerując niecierpliwie po pracowni. – Jak ci się podoba? – Zatrzymała się nagle, wskazując ustawione przy oknie ubrane w różne stroje manekiny. Kilka z nich posadzono przy prowizorycznie zaaranżowanym barze widocznym w fioletowym świetle instalacji pomysłu ich właścicielki.

– Rewelacja. – Ania pokiwała z uznaniem głową.
– Banialongo. Najbardziej odjechany bar w stolicy. – Rozejrzała się wokół. – Przynajmniej szkła ci nigdy nie zabraknie...

– Autografy później – rzuciła od niechcenia Magda. – Powiem nieskromnie, że moja kolekcja po prostu wymiata. *Wrzuć Luz* rozumiesz? Świeżość i prowokacja. To jest to, co tygrysy lubią najbardziej.
– Magda od niechcenia poprawiła mankiet stroju jednego z manekinów. – Już sobie wyobrażam, co

się będzie działo w Pałacu na jesiennym pokazie. Paula po prostu pęknie z zazdrości.

– Ona też coś szykuje? – zapytała Ania.

– Nie słyszałaś? *Klasa z Klasą* – Magda wypowiedziała nazwę kolekcji z widoczną niechęcią. – Najgorsze, że występujemy jedna po drugiej. Los jest złośliwy.

Nie miała powodów, aby lubić Paulę. Konkurowały ze sobą już na studiach, a potem było jeszcze gorzej. Magda zawsze powtarzała, że jej rywalka jest zwykłą karierowiczką.

Przygotowywana przez nią na coroczny przegląd młodych talentów kolekcja miała podobno wszystkich zaskoczyć. Czym, nie wiadomo, ale znając Paulę, musiało to łączyć się z jakimś interesem.

– Nie ma przy tobie szans – Ania starała się uspokoić przyjaciółkę. – Wyobrażam sobie jej minę, gdy rozlegną się dzikie ryki publiczności i wyniosą cię na grzbietach na sam szczyt.

– Byle nie na iglicę – zaśmiała się Magda. – Mam już dość przeciągów. – Wspięła się na palcach i z pasją zatrzasnęła otwarte przez wiatr okienko.

Podeszła do manekina i uniosła udrapowaną na nim granatową plisowaną spódniczkę. Długie blade nogi obleczone były w pończochy przypięte do perwersyjnego pasa wyszywanego bladoróżowymi pąkami róż. Dopasowana marynarka z rzędem blaszanych guzików i wygrawerowanym na nich herbem ekskluzywnego college`u kryła neonową różową koszulkę. Buty do kolan z granatowej skóry ze sznurówkami w odcieniu koszulki nie kojarzyły się raczej ze szkołą.

– No i co? – spytała prowokacyjnie Magda. – Chcesz być grzeczną dziewczynką?

– Może jednak nie to... – Ania zawahała się przez chwilę. – Nie na tę okazję...

– A... rozumiem. Wściekła i gniewna. Pogromczyni wielkomiejskiej dżungli. Walka o przetrwanie to jej żywioł – rozkręcała się Magda. – Oto ziszczenie twoich snów. – Odsunęła się, odsłaniając stojący za jej plecami manekin.

– Żaden facet ci nie podskoczy – dodała półgłosem, poprawiając jedną z nogawek bojówek uszytych z wojskowych zielonych tkanin barwionych na różne odcienie.

Każdy fragment materiału miał niepowtarzalny odcień, dzięki czemu przy najmniejszym ruchu wydawało się, że tkanina żyje własnym życiem. Lekki połysk przeczył wojskowemu charakterowi stroju. Luźna podkoszulka przypominająca rybacką sieć odsłaniała wszystko, co miało być odkryte. Szeroki skórzany pas z miejscami na naboje podkreślał talię, prowokując do jednoznacznych myśli.

– Poszłaś na całego – zachichotała Ania. – Prawdziwe wyzwanie, zmysły szaleją.

– Może przymierzysz? – Magda sięgnęła do klamry pasa i zaczęła ją odpinać.

– Nie, nie dziękuję – powstrzymała ją stanowczym gestem. – Wojnę zostawiam twoim aktywistkom z Kolorowej Alternatywy.

– Rozumiem, rozumiem... chcemy po prostu zakasować redakcyjne lale, co? – zaśmiała się Magda.

– Powiedzmy, że pokazać im miejsce w szeregu – dorzuciła Ania.

– No, no, nie wiedziałam, że taka z ciebie pirania. A więc wdzięk, niewymuszona elegancja, naturalność... Już widzę tytuł rubryki towarzyskiej – Magda zniżyła głos: – *Goście Kameleona powaleni fantastyczną kreacją dziennikarki „Podglądu"*... Mam dla ciebie coś specjalnego!

Magda sięgnęła po kij przypominający bosak używany przez nadwiślańskich flisaków. Pod sufitem, na grubych łańcuchach, które wcześniej służyły do zawieszania wytopionych szkieł, wisiały nowe kreacje. Zrzuciła zgrabnie jedną z nich prosto na kolana przyjaciółki.

Suknia w kolorze burgunda przypominała otwierający się kielich. Dół skręcał na biodrach w prawo, a nieregularne koło zdawało się tak przypadkowe, jakby ten, kto je kroił, zamyślił się i ciął, nie patrząc na materiał. Nierówne brzegi nie zostały obrębione. Strzępiły się na różnej długości, a powyciągane nitki wyglądały jak delikatne frędzle. Ta zamierzona nieregularność i niedbałość wykończenia w połączeniu z ciężkim wytwornym jedwabiem dawały niezwykły efekt. Postrzępiony dół łączył się z prostą, obcisłą, odsłaniającą ramiona trykotową podkoszulką z wielkim dekoltem.

To było to! Ania nie miała najmniejszych wątpliwości.

– No i jeszcze ten drobiazg – dodała znudzonym głosem Magda i rzuciła w jej stronę ciemnobrązową skórę skrojoną w stylu kurtek harleyowców. – Możesz w tym obskoczyć wszystkie wernisaże w mieście...

– Wystarczy mi tylko wystawa Wiktora. – Ania przymierzała już nową kreację. – A i tak pewnie przeciągnie się do rana...

– Wiktor, Wiktorowi, Wiktora... – westchnęła ciężko Magda. – Już nie mogę tego słuchać. Taka laska, a wpatrzona jak w obraz w jednego faceta. – Zerknęła z satysfakcją na przyjaciółkę. – No i jak? – Odwróciła ją w stronę kryształowego lustra zawieszonego na metalowym stojaku.

Ania nie mogła uwierzyć. Czasem strój dodaje skrzydeł, a czasem wpędza w głęboką depresję. Tym razem wydawało się jej, że może zawojować świat.

– Jesteś cudowna, moje Banialongo! – Rzuciła się Magdzie na szyję. – Będę chodzącą reklamą...

– Jak tam twoje autorskie projekty? – zapytała znienacka Magda. – Masz już coś konkretnego?

Ani zaświeciły się oczy.

– Pracuję nad koncepcją całości. Będzie to portret wielokrotny... – Ania mimochodem zerknęła na swoje odbicie. – Pamiętasz autoportret Witkacego w lustrach? Jeden człowiek pokazany w refleksach zdarzeń, wspomnień i w relacjach świadków. Każdy z kadrów pod trochę innym kątem. Prawda jest pośrodku. Nieuchwytna, mieniąca się odcieniami znaczeń...

– No, no, no... widzę, że się rozkręcasz... – Magda szarpnęła jeszcze dół sukienki i krytycznie przyjrzała się uzyskanemu efektowi.

– Tylko tak udaje się dotknąć czegoś naprawdę istotnego – dodała Ania. – Ile czasu można siedzieć nad tymi banalnymi tekścikami?

– A puszczą ci to w twoim ekskluzywnym szmatławcu? – zapytała przytomnie Magda.

– Nie przesadzaj, nie jest tak źle. – Ania uniosła rękę, przerywając przyjaciółce, która nie przebierała w słowach i zwykła nazywać rzeczy po imieniu. – Baron mówił coś o specjalnym dodatku, ogłosił nawet konkurs na pomysły. Może uda mi się to tam wrzucić...

– Obiecanki cacanki... – wtrąciła Magda. – Prędzej wmontuje tam swojego kochanego pupilka z jego genialnymi fotkami, niż opublikuje te twoje portrety...

– Odpuść sobie – poprosiła Ania. – Wiktor naprawdę robi fantastyczne zdjęcia. Sama zobaczysz na wernisażu. Daj mi jeszcze herbaty i nie marudź.

– Mówię ci, Anka, wspomnisz jeszcze moje słowa... – Magda obciągnęła za krótką koszulkę, jej ulubiony stary ciuch, w który wskakiwała zawsze po przyjściu do pracowni, i ruszyła bez słowa w stronę wielkiego ceramicznego pieca stojącego w centralnym miejscu pomieszczenia. Otworzyła drzwiczki i odwróciła się, unosząc wysoko puszkę z herbatą. – Owocowy Raj, masz ochotę?

– Właściwie powinnam już wracać do domu... – wahała się Ania. – Lubię, kiedy Wiktor...

– I znów on! – Magda uniosła czajnik i potrząsnęła nim znacząco. – Bez niego też możesz znaleźć się w raju...

Włączyła gaz, który zapłonął jaskrawym fioletem.

No dobrze, skusiłaś mnie – zgodziła się Ania. – Napijmy się, a potem uciekam.

Magda spojrzała w stronę zakurzonych okien i uśmiechnęła się pod nosem.

– Nie licz na to, że uda ci się stąd szybko wyjść.

O szyby pracowni uderzyły pierwsze krople deszczu.

2

– Cholerna pogoda – wymamrotał pod nosem młody mężczyzna, starając się znaleźć wygodniejszą pozycję.

Tkwił tu już od dwóch godzin ukryty za oponą terenowego samochodu, który ktoś zaparkował w zaułku, lekceważąc wyraźnie widoczny tam zakaz wjazdu. Mrużąc w skupieniu oczy, wpatrywał się w rzęsiście oświetlone wejście do klubu, gdzie tego wieczoru jeden ze znanych reżyserów świętował premierę swojego najnowszego thrillera *Plusk*.

– Nie mogli wybrać lepszego terminu, a niech to szlag – dodał i nasunął na głowę kaptur przeciwdeszczowej kurtki, którą jakiś czas temu dostał w prezencie od firmy.

Wiktor należał do prawdziwych twardzieli. Był najlepszy i jak nikt inny potrafił złowić najbardziej skandaliczne kadry, które potem jego gazeta opatrywała wyjątkowo wrednymi komentarzami. Zdjęcia lądowały na pierwszej stronie „Podglądu" – lidera rankingu kolorowych brukowców z największą liczbą wytoczonych procesów.

Poprawił ostrość, kierując obiektyw na wyjście z klubu. Był cierpliwy. Potrafił tak tkwić wiele godzin, czekając, aż jego trud zostanie nagrodzony.

– Hej, co ty tu robisz z tą lunetą? – usłyszał za plecami jakiś głos i odwrócił głowę, napotykając spojrzenie bezdomnego, który chwiał się na nogach, starając się złapać równowagę. – Pogięło cię, czy co?

– Tego tylko mi brakowało – zniecierpliwił się Wiktor. – Będziesz tu stał i gadał bez końca? – Wyciągnął z kieszeni banknot i wcisnął go pospiesznie w wilgotną dłoń intruza.

– A właściwie mam to gdzieś! – mruknął obojętnie zarośnięty włóczęga i ruszył w stronę baru, gdzie przez całą noc sprzedawano kebaby.

Zniknął za rogiem i Wiktor natychmiast o nim zapomniał, zauważając jakiś ruch po przeciwnej stronie ulicy. W obrotowych drzwiach klubu pojawili się rozbawieni goście. Podpity starszy mężczyzna stawiał z trudem kroki, obejmując dwie chichoczące dziewczyny.

Wiktor bez trudu rozpoznał twarz polityka, który na co dzień ukazywał się w telewizyjnych newsach. Twarz Adriana Klekota. W swoich okrągłych drucianych okularach był tak charakterystyczny, że nie sposób go było nie rozpoznać. To na niego czekał cały wieczór.

Wiktor wstał gwałtownie, prostując zdrętwiałe nogi, i błyskawicznie otworzył torbę, z którą nigdy się nie rozstawał. Wyjął z niej drugi aparat uzbrojony w jeszcze dłuższy obiektyw. Teraz widział już wszystko bardzo dokładnie. Deszcz siąpił, pokrywając lśniącą warstwą wody połyskujący w świetle latarń asfalt. Czuł, że jego cierpliwość zostanie zaraz nagrodzona. W tych sprawach intuicja nie zawodziła go nigdy.

Cała trójka opuszczała właśnie klub, nieświadoma, że ma ich na celowniku. Uwielbiał takie sytuacje. Trzymał palec na spuście aparatu i czekał na najlepszy moment.

– Nie gadaj, serio? – dopytywała się bełkotliwie ciemnowłosa dziewczyna, strącając ze śmiechem wędrującą po jej pośladkach rękę podpitego gościa. – To pewne? Zagrasz w tym filmie? To już uzgodnione? Tak na sto procent? – Nachylała się w stronę przyjaciółki. – Bo wiesz, jeśli to prawda, to ja normalnie chyba się upiję!

– Ty już jesteś pijana – zachichotała druga, przytrzymując się ramienia mężczyzny, który usiłował coś powiedzieć. – Słowo honoru, że tobie też załatwię rolę, wiesz?

– No to ekstra – zabełkotała brunetka. – Po prostu ekstra. Jest zajebiście, wiesz?

– Wiem, tylko cicho sza! Rozumiesz? Nikomu ani słowa, że będę taką... – Wykonała w powietrzu chaotyczny gest sugerujący, że ujrzała coś naprawdę wielkiego. – ...gwiazdą, rozumiesz?

– Ty też siedź cicho! – Trąciła zapatrzonego tępo w jej dekolt znajomego. – Słyszysz?

– Daj buzi! – ryknął niespodziewanie, pochylając się w stronę dziewczyny.

– Spadaj – wykrzywiła się lekceważąco. – To co, nikomu nie powiesz? – nalegała, spoglądając groźnie na przyjaciółkę.

– Będę milczeć jak grób – przytaknęła żarliwie brunetka. – Jest zajebiście! – powtórzyła i wylewając resztkę wina do wielkiej donicy, strąciła z ramienia rękę mężczyzny, aby z powrotem ruszyć chwiejnym krokiem w stronę wejścia do klubu.

Mężczyzna objął wysoką blondynkę, która grała w filmie epizodyczną rolę, ale to wystarczyło, aby ją dostrzec.

– Jesteś piękna – pochylając się, wymamrotał jej do ucha.

Wiktor skierował na nich obiektyw, czując ten niepowtarzalny dreszczyk podniecenia, sprawiający, że minione godziny przestawały mieć znaczenie. Teraz liczyła się tylko ta chwila, kiedy trzask migawki jak nagły strzał powali jego ofiarę.

Nie zdążył. Nawet go nie zauważył. Tylko ruch ręki wytrącającej mu aparat, a potem pchnięcie i niekontrolowany upadek na chodnik... Atak był tak niespodziewany, że stracił równowagę i runął bezwładnie, uderzając się w głowę.

Ochrona, jak mógł zapomnieć o ochronie, pomyślał jeszcze i oparł się o ścianę kamienicy, obserwując nogi stojącego przed nim mężczyzny.

– Żadnych zdjęć, koleś – usłyszał. – Ciesz się, że tylko czyszczę ci pamięć. Aparatu, rzecz jasna – zarechotał nieprzyjemnie. – Ale następnym razem, jak zobaczę, że kręcisz się koło klubu, wyczyszczę ci też twoją.

Wiktor starał się skupić wzrok na grubym paluchu wędrującym po przyciskach aparatu. Wydawało mu się, że aparatów i paluchów jest więcej, więc potrząsnął głową i obraz na chwilę się wyostrzył, co pozwoliło mu dostrzec kolejne szczegóły. Widział przed sobą buty ochroniarza i wściekle zielone skarpetki wyglądające spod nogawek jego spodni.

– Ty, elegancik! – wychrypiał z trudem. – Wiesz, co to jest wolność prasy?

– Masz! – usłyszał w odpowiedzi i poczuł uderzający go w nogi aparat. – I spadaj stąd, żebym cię więcej nie widział, a o wolności prasy najwięcej dowiesz się od pana Klekota.

Polityk pakował się właśnie z chichoczącą gwiazdką do służbowej limuzyny. Kierowca ruszył spod wejścia, omijając źle zaparkowane auto, i zaraz gwałtownie zahamował na widok przemykającego przez jezdnię włóczęgi. Po chwili tylne światła samochodu zniknęły za zakrętem.

Wiktor schował aparat do torby i obmacał głowę, sprawdzając wielkość guza. Zaklął cicho pod nosem i rozejrzał się czujnie, czy ktoś przez przypadek nie stał się świadkiem jego upokorzenia. Kątem oka dostrzegł ostatnich gości, którzy ewakuowali się z klubu. Przez chwilę wahał się, lecz w końcu machnął ręką.

– Same płotki – mruknął pod nosem, wzruszając ramionami. – Dość na dziś. – Wyjął z kieszeni telefon i wybrał na klawiaturze numer Pontona. Nazwał tak taksówkarza, nie ze względu na jego tuszę, ale dlatego, że pojawiał się zwykle niczym łódź ratunkowa i holował go do domu swoim wysłużonym mercedesem. „Może jeszcze nie śpi" – pomyślał o swojej dziewczynie i nacisnął klawisz.

– Janek? Jestem pod Paradiso, za ile możesz być? – spytał, rejestrując automatycznie w pamięci nazwiska gości wsiadających do samochodów.

– Bez pośpiechu, zawsze zdążysz się spóźnić. – W słuchawce rozległ się śmiech i Ponton dodał ochrypłym głosem: – Jestem za chwilę.

Wiktor pokręcił z niedowierzaniem głową. Długo przyzwyczajał się do stylu Janka, żeby w końcu odkryć, że pod pozorną prostotą kryje się prawdziwa mądrość. Poza tym nikt tak jak on nie znał tajemnic nocnego miasta.

3

Ania zeskoczyła z siodełka, spoglądając z rozpaczą na jasne spodnie pokryte ciemnymi punkcikami błota. Całą noc padał deszcz, a mijający ją wcześniej kierowcy lekceważyli dziewczynę na stylowej holenderce. Po kilku przecznicach zrezygnowała z prób umykania przed niespodziewanymi fontannami wody. Cieszyła się słońcem, które od rana odbijało się w wystawowych szybach, w ogromnych kałużach, w oknach domów, sprawiając, że cały świat wydawał jej się odnowiony jak stary dom po wielkim remoncie.

– Cześć, Anka! – usłyszała głos ochroniarza przyglądającego się jej z uśmieszkiem. – Ale sobie wybrałaś dzień na rowerową przejażdżkę!

Mruknęła coś pod nosem i pochyliła się nad szyfrowym zamkiem blokady. Za chwilę miało się rozpocząć kolegium czy, jak kto woli, Waterloo, bo tak nazywali codzienne spotkania z osławionym

Baronem. Łatwo było mu podpaść, a ponieważ nikt nie chciał się wychylać, jedyne, co pozostawało, to polec bezimiennie na polu bitwy.

– W-I-K-I – wyszeptała, otwierając blokadę.

Kod był prosty i oczywisty. Śmiała się czasem, mówiąc, że to szyfr do jej serca i tylko Wiktor wie, jak tam się dostać. Spojrzała szybko na zegarek i jęknęła. I znów pojawi się ostatnia.

Szklany budynek wyglądał jak celująca w niebo przezroczysta rakieta. Zewnętrzne windy, niczym kapsuły, wiozły pasażerów, pozwalając im podziwiać widoczne w dole miasto. Ania lubiła tę chwilę, kiedy wędrowała bliżej nieba, i zawsze zastanawiała się, czy to możliwe, aby piekło było w górze... i jak oni to sobie załatwili. Przyłożyła identyfikator do metalowej płytki i winda bezszelestnie otworzyła się, aby wpuścić ją do środka. Gdy tylko ruszyła w górę, wiatr przepędził ostatnie chmury. Niebo stało się błękitne, a słońce zaczęło świecić tak mocno, że musiała zmrużyć oczy. Spojrzała w dół, przytykając nos do szklanej tafli ściany. Ujrzała rozmazany obraz skrzyżowania, które zdawało się nierzeczywiste. Pomyślała, że to przez tę ciszę, bo otuliła ją jak mgła.

Redakcja „Podglądu" zajmowała najwyższe piętro biurowca. Pismo należało do Voyeur Media, brytyjskiego koncernu prasowego. Jego tytuły można było dostać we wszystkich europejskich stolicach.

Twórcą imperium był Arthur Cox, a jego kariera przypominała Ani historię Obywatela Kane – bohatera ulubionego filmu oglądanego przez nią trzykrotnie w Iluzjonie.

Cox zaczynał od łamania kolumn w rubryce kryminalnej londyńskiego brukowca. Siedząc nad historiami o zdradzonych żonach i zabitych kochankach, marzył o gazecie, która poszłaby krok dalej i pokazała alkowy purytańskiego społeczeństwa. Sen się spełnił, a dewiza *First before all* widniała teraz na każdym jego tytule.

– Trudno powiedzieć, abym się do niej stosowała – mruknęła pod nosem zrezygnowana Ania, wychodząc z windy prosto na opustoszały hol redakcji.

Zwykle kręcili się tu łowcy sensacji. Ruszyła w stronę recepcji, wpatrując się w widoczne nad nią ogromne oko. Logo firmy wytrzeszczało się na nią złowieszczo. Zamiast tęczówki tkwiło w nim wypukłe lustro, w którym, jak w krzywym zwierciadle, przeglądał się każdy przychodzący gość czy dziennikarz. Zerknęła na karykaturalne odbicie swojej bladej twarzy, nerwowo poprawiając wysuwający się ze spinek kosmyk ciemnych włosów.

– Wszyscy są u szefa – poinformowała ją suchym głosem dziewczyna z recepcji. – Radzę się pospieszyć.

Boksy opustoszały, jakby przeszedł tamtędy huragan. Wszędzie szyby, od góry do dołu, cały czas nie mogła się przyzwyczaić do tego braku intymności. Wiktor żartował, że pasowałyby tu jeszcze lustra na podłodze, i powtarzał, że nie zdziwi się, jeśli Baron je niedługo zainstaluje.

Gabinet Bogdana Mrówczyńskiego, zwanego w dziennikarskim światku Baronem, miał przydymione szyby. Dzięki temu mógł on obserwować, co się dzieje w redakcji. Nikt nigdy nie był pewien, czy nie spoczywa na nim właśnie bezlitosne spojrzenie naczelnego.

Pierwsze, co rzucało się w oczy, to ogromna korkowa tablica z przyszpilonymi do niej zdjęciami aktualnie namierzanych ofiar. Zupełnie jak w biurach śledczych na amerykańskich filmach. Przedmiot żartów zespołu. Słynna tablica Barona. Ściana chwały albo ściana straceń. Ci, których wizerunki się tam znalazły, prędzej czy później trafiali na pierwsze szpalty „Podglądu". Naczelny powtarzał z upodobaniem: *Czysta jest tylko wódka.* I rzeczywiście, na każdego potrafił znaleźć haka, na którym następnie wieszał go publicznie ku uciesze czytelników. *Naszą misją jest pokazywanie prawdy, a prawda potrafi być okrutna* – wbijał im do głowy na każdym kolegium. Słowa te były jedną z sentencji Coxa przyswajanych pilnie przez kierownictwo na szkoleniach w centrali.

Drzwi pozostawiono uchylone. Ania dostrzegła zmieniające się obrazy na monitorze nigdy niewyłączanej plazmy. Głos komentatora nie był Baronowi potrzebny. Hołdował zasadzie, że wystarczy widzieć, żeby wiedzieć. W tle dobiegającej z gabinetu rozmowy wyświetlały się bezgłośnie wiadomości z całego świata.

Ogromne okna odsłaniały miejski pejzaż i za każdym razem, kiedy tu wchodziła, odczuwała podniecenie na myśl, że znów to zobaczy, bo widok zapierał dech w piersiach. Zawsze zatrzymywała się na chwilę, aby zerknąć na statuetkę Peryskopa, ukoronowanie pracy dziennikarskiej Bogdana Mrówczyńskiego, zajmującą honorowe miejsce na wielkim biurku. Na ścianie, tuż przy stole konferencyjnym, wisiała tarcza do lotek. Stół był szklany, więc często odbijało się w nim światło, męcząc siedzących przy nim skazańców. Powtarzano sobie, że nie jest to przypadkowe, bo Baron uwielbiał mieć przewagę.

Ania pchnęła ostrożnie drzwi, zaglądając do środka. Przy zarzuconym papierami stole siedzieli już wszyscy oprócz Wiktora, który był tu na specjalnych warunkach. Baron krążył niespokojnie z kolorową lotką w ręku, przesuwając ją między palcami.

– Poszperajcie na blogach, wypytajcie dawnych znajomych, przewertujcie stare rachunki... Do cholery, czy wszystkiego was muszę uczyć? – usłyszała głos naczelnego. – Nikt nie jest doskonały.

– Zaśmiał się nieprzyjemnie i przymierzył się do rzutu w stronę tablicy ze zdjęciami. Zmrużył oczy i opuścił wolno rękę, wpatrując się w Adriana Klekota lidera jednej z prawicowych partyjek, które dość mocno zalazły mu za skórę. – Nikt – powtórzył z naciskiem – nawet Bocian.

Od czasu sejmowej debaty o edukacji seksualnej, kiedy złotousty poseł wygłosił celną myśl, że dobrze jest, gdy nasze dzieci jak najdłużej wierzą w bociany przynoszące noworodki, a cała sala od lewej do prawej wybuchnęła śmiechem, przylgnęła do niego wdzięczna nazwa ptaka o czerwonym dziobie. Z takim nazwiskiem i długimi tyczkowatymi nogami nie mógł spodziewać się innego obrotu sprawy. Gorzej, że cała frakcja została nazwana Stadem Bocianów, co dla Adriana Klekota było potwierdzeniem jego przewodniej roli, a dla piarowców partii sromotną klęską wizji ostatnich sprawiedliwych.

Baron odwrócił głowę i zauważył spóźnioną Anię.

– Jest i Kopciuszek, dobrze się spało?

Nie znosiła tego przezwiska, którym ochrzcił ją Baron, doskonale wyczuwając jej słabość. Była idealistką i całe życie czekała na księcia z bajki. Spotkała go w „Podglądzie" i choć powinna być szczęśliwa, dostała w prezencie od losu także macochę w osobie uciążliwego naczelnego.

– Krótko – odpowiedziała, zaciskając usta.

– Nie płacę ci za spanie. Masz te materiały o Klekocie?

Położyła na stole kartonową teczkę i usiadła, zerkając na Mariolę o wiecznie smutnej twarzy, na której i teraz malował się wyraz współczucia.

– To wszystko, co znalazłam.

Baron odwrócił się od niej i westchnął ciężko, jakby rozmowa z Anią była ponad jego siły. Wreszcie sięgnął po teczkę i wyłuskał z niej dwie strony wydruku.

– Jeśli to jest wszystko, nie zazdroszczę twojemu...

Drzwi otworzyły się z impetem i do środka wpadł zdyszany Wiktor. Baron uśmiechnął się życzliwie.

– O wilku mowa... a raczej o myśliwym – poprawił się naczelny i ruszył w stronę wchodzącego do gabinetu dziennikarza.

– Co jest? – Stanął jak wryty, wpatrując się w widocznego na jego czole guza. – Sprzeczka z narzeczoną?

– Nic tam... zaliczyłem glebę... do wesela się zagoi. – Wiktor spojrzał porozumiewawczo na Anię. – Gorzej, że siadł mi sprzęt. Na amen.

– Słyszałem o tym od chłopców z techniki. Coś tam kombinują – uspokoił go Baron. – Bocian miał farta, ale już niedługo zgaśnie jego szczęśliwa gwiazda, prawda, Wiktor? – Rzucił brawurowo strzałkę w kierunku tarczy, nie trafiając nawet w jej krawędź. Odbiła się od ściany i bezgłośnie spadła na wykładzinę. – Ważne, żeby tobie się udało – zaśmiał się dobrodusznie. – Następnym razem nic mu nie pomoże... – Baron sięgnął po zadrukowane kartki leżące na konferencyjnym stole. – To wszystko, co przygotowała twoja pani – stwierdził ironicznie. – Bierz, jeśli chcesz, bo mnie do niczego się nie przyda... – dodał z krzywym uśmiechem. – Wiecie, co macie robić? – upewnił się jeszcze, wodząc wzrokiem po zebranym audytorium. – A teraz do roboty, bo wieczorem show. – Mariola, ściągnij zaprzyjaźnione telewizory – rzucił, siadając za biurkiem, co zawsze było sygnałem zakończenia kolegium. – A ty, Wiktor, zrób coś z tą śliwą, nie chcę, żebyś wyglądał jak jakiś zbój.

4

Czerwony neon z napisem *Kameleon* zwracał uwagę przechodniów, którzy zatrzymywali się, aby popatrzeć, co się będzie dziś działo w modnym warszawskim klubie.

– Ty, zobacz tę blondynę! Czy to nie Figa? – Pucułowata nastolatka wspinała się na palce. – Mówię ci, to musi być ona.

– Co ty, głupia, ta jest starsza. – Chuda koleżanka skrzywiła się pogardliwie. – Zbadaj sobie lepiej wzrok. Nie widzisz? Tu jest plakat. *Blaski i Cienie* – sylabizowała z trudem. – Jakaś wystawa fotografii... i tak nas nie wpuszczą. – Wskazała brodą rosłych ochroniarzy. – Nie widzisz tych goryli? Spadamy do Carramby.

Jedna z nastolatek o mało nie wpadła na maskę zaparkowanej w cieniu taksówki.

– Niezła zadyma! – Janek siedzący za kierownicą nacisnął klakson.

Dziewczyny uciekły ze śmiechem.

– Długo tak będziemy tu tkwić? Zaraz mi dupa przyrośnie do siedzenia. Zobacz, jest już twoja laska. – Ponton wskazał stojącą w tłumie Anię, która rozglądała się niespokojnie, uśmiechając się zdawkowo do rudej dziewczyny w obcisłych czarnych spodniach.

– O rany, prawie jej nie poznałem – zdziwił się Wiktor, widząc Anię w nowej wystrzałowej kreacji.

Zniknęła gdzieś jej dziewczęcość, ustępując miejsca zmysłowej kobiecości. Ania wyglądała zupełnie inaczej niż zwykle. Chłopak stojący pod ścianą klubu nie mógł oderwać od niej wzroku.

– Idę. – Wiktor otworzył drzwi samochodu. – Dzięki za wszystko, Janek...

– Daj spokój, chłopcze, pokaż im lepiej, kto tu rządzi. – Klepnął go w ramię. – No już...

Janek zatrzasnął drzwiczki i uruchomił silnik. Skrzynia biegów starego mercedesa zazgrzytała przeraźliwie, zwracając uwagę przechodniów. Samochód włączył się gładko w sznur jadących pojazdów. Taksówkarz wystawił przez okno rękę w geście pożegnania i wóz zniknął za najbliższym rogiem.

Wiktor oparł się plecami o mur, przyglądając się przez chwilę tłumowi, w którym rozpoznawał swoich wrogów, przyjaciół i znajomych. Czuł, że to jego dzień i nikt nie może mu go odebrać.

– Nareszcie jesteś! – usłyszał zdyszany głos Ani.
– Otwierają za kilka minut. Chodź, idziemy! – Pociągnęła go za rękę do bocznego wejścia. – Musisz być już w środku, jak cały ten tłum wparuje do klubu.

Boczne wejście znajdowało się w zaułku zamkniętym ciężką bramą. Sąsiadująca z klubem wąska przestrzeń miała niepowtarzalny klimat typowy dla starych śródmiejskich kamienic. Ania zawsze starała się zgadnąć, co przedstawiają widoczne w górze kolorowe szybki. Przy odrobinie dobrej woli można je było uznać za witraż, ale osiadający na nich kurz skutecznie zatarł linie łączące poszczególne elementy obrazu.

Popchnęli bramę i wślizgnęli się na podwórze, a potem przez drzwi obite metalową blachą. Wąskie schody wyłożone mocno zniszczonym dywanem zaprowadziły ich prosto do kuchni, gdzie napotkali obojętne spojrzenia kelnerów, którzy ustawiali na tacach kieliszki.

Zdążyli przekroczyć próg sali i w tej samej chwili portier otworzył drzwi, wpuszczając do klubu oczekujących gości. Rozległ się tupot nóg i w ciągu kilku sekund pomieszczenie zapełnił hałaśliwy tłum.

Pusta scena rozbłysła światłami. W kręgu reflektorów pojawił się mężczyzna w czarnym smokingu.

– Uwaga! Proszę o ciszę! – głos Bogdana Mrówczyńskiego rozszedł się echem po sali. – Nasz tygodnik stawia tylko na ludzi utalentowanych. Takich jak ty, Wiktor – zwrócił się z uśmiechem do bohatera wieczoru. – Nie chowaj się, chodź tutaj...

Oczy zgromadzonych spoczęły na Wiktorze.

– No już, wykorzystaj swoje pięć minut... – szepnęła Ania i stanowczym gestem wypchnęła go na środek sali.

Pojedyncze oklaski powitały autora wernisażu.

– Nie jesteśmy tu sami – rozpoczął swoje przemówienie Baron, wprawiając w stan konsternacji zebraną publiczność.

Goście rozejrzeli się dyskretnie. Na ścianach wisiały rzędy oświetlonych fotografów z portretami znanych osób przedstawionych w niecodziennych sytuacjach.

– Jesteśmy w doborowym towarzystwie – kontynuował naczelny. – Oni patrzą na nas, my patrzymy na nich oczami Wiktora, który jako jeden z niewielu potrafi z taką pasją uchwycić moment klęski, ale także radości czy zapomnienia – upajał się własnymi słowami.

– Ma dzisiaj gadane – szepnął na boku Sebastian, wieloletni dziennikarz „Podglądu". – Szkoda, że nie nawija tak na kolegium...

Zanim pojawił się Wiktor, to on był ulubieńcem Barona.

– Przyjrzyjcie się z bliska temu drugiemu Wiktorowi, bo to przecież także jego portret. – Baron zerknął na autora wystawy. – Jestem pewien, że odkryjecie to drugie ja, któremu na imię wrażliwy artysta i przenikliwy obserwator dusz ludzkich...

Odpowiedział mu pomruk aprobaty.

– I uwaga – celowo zawiesił głos, wodząc wzrokiem po zebranej publiczności – jak zawsze, tak i tej jesieni startuje konkurs Peryskop Roku na najbardziej demaskatorski materiał tego sezonu. Nie muszę dodawać – zwrócił się do Wiktora – że według mnie jesteś poważnym kandydatem... ale oczywiście wszyscy mają szansę – oznajmił zgromadzonym, żeby przypadkiem nie zostać posądzonym o stronniczość.

Piwnica klubu Kameleon huczała od braw. Baron, z błąkającym się w kącikach ust uśmieszkiem, objął serdecznie Wiktora.

– Zawsze wierzyłem w ciebie – odezwał się półgłosem. – Wiesz o tym...

– Ja też jestem pod wrażeniem – w głośnikach rozległ się niski głos prezes zarządu i na scenie, z mikrofonem w ręku, pojawiła się elegancka kobieta w krótkim żakiecie narzuconym niedbale na wieczorową suknię. – Ta nowa twarz Wiktora, o której wspomniał Boguś, bardzo mi się podoba, podobnie zresztą jak pierwsza... – Wyciągnęła rękę do młodego dziennikarza. – Gratuluję. Jak na swój wiek, masz całkiem imponujący dorobek...

– Nie przesadzaj, Zuzanno. – Wiktor uśmiechnął się skromnie. – Czasem tylko pstryknę fotkę...

– A czasem załatwię gościa na amen... – dodał szeptem jeden ze stojących pod ścianą dziennikarzy.

– Przedtem Baron, teraz ta modliszka z zarządu... – odpowiedział półgłosem Sebastian. – Bajer opanował do perfekcji, kto by się spodziewał...

– Dziwiłabym się, gdyby było inaczej – prychnęła Mariola, chuda blondynka o końskiej twarzy. – Zobacz, jak na niego patrzą.

– Jak na ciacho – zachichotała przechodząca obok początkująca projektantka mody i ulubienica warszawskich salonów. – Gdybym mogła, sama chętnie bym go pożarła.

– Współczuję Ani – westchnęła Mariola, upijając łyk czerwonego wina.

Wiktor spojrzał z góry na zgromadzonych gości.

– Dziękuję wszystkim za przybycie. Dziękuję pani prezes i redaktorowi naczelnemu „Podglądu" za pomoc w zorganizowaniu mojej wystawy. Bez was tego wernisażu by nie było...

W głębi sali odezwały się pojedyncze oklaski.

– Mam nadzieję – kontynuował Wiktor – że dzisiejszy wieczór pozostanie wam w pamięci, a prezentowane tu zdjęcia znajdą waszą aprobatę. Życzę dobrej zabawy – zakończył oficjalną część wieczoru.

Kiedy schodził ze sceny żegnany brawami, poczuł na ramieniu rękę Zuzy, która nie zauważywszy stopnia, potknęła się i o mało nie straciła równowagi.

– Nie ma to jak męskie oparcie – zaśmiała się, przysuwając bliżej. – Robisz furorę, i to w zastraszającym tempie... Jestem pod wrażeniem – dodała.

– To także twój sukces, Zuza. – Wiktor uśmiechnął się czarująco. – Bez ciebie...

– Daj spokój, Wik – przerwała mu niskim głosem – to tylko początek, początek czegoś większego. Świat czeka na takich jak ty i ja...

– W takim razie od jutra zabieram się do roboty – zażartował Wiktor. – Dzisiaj świętujemy...

Rozejrzał się szybko po sali, szukając Ani w tłumie gości.

– Musimy razem uczcić ten sukces. – Poprawiła machinalnie jego fular, który wysunął się z rozcięcia koszuli. – Na przykład w Maskaradzie?

– Oczywiście, pani prezes – odpowiedział i zasalutował żartobliwie. – Będę czekał na rozkazy.

Stojąca obok Magda przyjrzała się z uwagą Zuzannie okazującej nieoczekiwanie duże zainteresowanie chłopakiem jej przyjaciółki. Błyszczące podnieceniem oczy, to całe podekscytowanie były dla niej jednoznacznym sygnałem, że coś tu się dzieje.

– No proszę – mruknęła pod nosem, potrząsając z niedowierzaniem głową.

Wiktor dostrzegł wreszcie Anię i uśmiechnął się z zadowoleniem, widząc w tłumie wyróżniającą się głęboką czerwień jej sukienki. Nie lubił specjalnie tej szalonej projektantki, ale musiał przyznać, że jego dziewczyna wygląda oszałamiająco. Przecisnął się przez tłum i złapał ją w pasie. Ania odwróciła się i przytuliła się do niego, aby szepnąć mu coś na ucho. Kątem oka zauważyła zbliżającą się Magdę, z burzą rudych włosów, w zielonym kombinezonie, który świecił jak neony w Vegas.

– No i co? Victoria! – zawołała prowokacyjnie Magda, witając się z przyjaciółmi. – Zresztą... z twoim imieniem trudno, żeby było inaczej... – dodała i zwróciła się do Ani. – Obiecałaś, że oprowadzisz mnie po wystawie. – Spojrzała z przepraszającym uśmiechem na bohatera wieczoru. – Zaraz ci ją oddam. Tyle mówiła o tych zdjęciach przez ostatnie dwa tygodnie, że nie mogłam już jej słuchać...

– Dobrze już, dobrze... – Ania oderwała się z trudem od uśmiechniętego Wiktora. – Idę.

Magda ciągnęła ją za rękę, pokazując zdjęcie siedzącego w barze słynnego baletmistrza schowanego za baterią pustych kieliszków po wódce. Najwyraźniej było mu już wszystko jedno, bo zwykle nienagannie ubrany, tym razem miał rozpiętą do pasa koszulę i rozmazaną na ustach szminkę.

– Ciekawe, co powiedziałby Wiktor, gdyby utrwalić go w takim momencie? – zapytała Magda.

– Sama nie byłam przekonana, czy powinien go pokazywać. – Ania pokręciła z wahaniem głową.

– *Słabość jest oznaką wielkości* to słowa Wiktora, no cóż, jego wernisaż, jego decyzja, ale spójrz na to. – Wskazała wiszącą obok fotografię.

Zdjęcie wykonane z fleszem przedstawiało znanego polityka poddającego się zabiegom fryzjerskim. Uniesione przez stylistę nożyczki rzucały cień na strzyżoną głowę. Wydawało się, że długie ostrza jak gilotyna spoczywają na gardle klienta. Polityk miał niepewny wyraz twarzy.

– *Nie znasz dnia ani godziny...* – zawyrokowała Magda.

– Świetny tytuł, podpowiem Wiktorowi – podchwyciła Ania. – A wiesz, że w tym zdjęciu mam swój skromny udział – dodała tajemniczo.

– Co, trzymałaś torbę ze sprzętem jako asystentka? – zaśmiała się Magda.

– Nie, udało mi się wysłać Wika do fryzjera. Wtedy właśnie pstryknął zdjęcie, przez przypadek...

– Normalnie następnym razem biorę cyfrę do salonu. – Magda poprawiła niesforną jak zwykle fryzurę. – Tyle zmarnowanych okazji... Chodź dalej, chcę zobaczyć wszystkie te obrazki – rzuciła przez ramię i nie oglądając się na przyjaciółkę, dała się porwać kolejnej fali gości.

Ania stała jeszcze przez chwilę, wpatrując się intensywnie w gładką powierzchnię fotografii. Ktoś, przechodząc, potrącił ją, ale nawet tego nie zauważyła. Przysunęła się bliżej i niemal poczuła zapach lakieru do włosów i odżywek. Wiedziała, że jej wymarzony portret byłby inny. Nie tak sensualny, nie tak dosadny i wyzywający. Stworzony za pomocą słów, ukazywałby okruchy zdarzeń, które choć małe i nieznaczące, mają wpływ na kształt ludzkiego losu.

„A tutaj liczy się szybki efekt" – pomyślała i w tej samej chwili dotarł do jej uszu przenikliwy szept Wiktora.

– Anka, nie stój tak. Pogadaj lepiej z Baronem. Jest dzisiaj wyluzowany, może da ci jakiś temat...

– Nie będę go o nic prosiła. – Odwróciła się gwałtownie, spoglądając na niego z oburzeniem. – Nawet o tym nie mów. Wystarczy, że dla ciebie jest miły, ja sobie poradzę.

– Gratuluję – usłyszeli dziwnie znajomy głos.

Mężczyzna, który przed nimi stanął, ubrany był z niedbałą elegancją. Długie jasne włosy związane w kucyk i nieprawdopodobnie zielone oczy obudziły w Ani wspomnienie pewnego francuskiego aktora, któremu w czasach gimnazjalnych na rok oddała swoje serce, nie opuszczając ani jednego filmu z jego udziałem.

– Dzięki. – Wiktor wyciągnął rękę w geście przywitania. – Nie poznaliśmy się już przypadkiem na jakiejś imprezie? Wydaje mi się, że się skądś znamy...

– Przynajmniej nie pytasz: Czy ja cię gdzieś nie słyszałem? – Potrząsnął energicznie jego ręką. – Artur, dla znajomych po prostu Art – dodał i spojrzał w stronę dziewczyny.

– Anka – odpowiedziała ze śmiechem, odkrywając, że stoi przed nią ulubiony didżej z radia Wolna Fala. – Często cię słucham, najbardziej lubię te twoje nocne audycje. Umiesz rozmawiać z ludźmi...

– No to musimy koniecznie porozmawiać... – pochylił się nad nią, zniżając głos.

Wiktor objął Anię władczym gestem, jakby chciał podkreślić, że należy tylko do niego.

– Chętnie zrobię z tobą wywiad. – Art oficjalnym gestem wręczył mu wizytówkę. – Myślę, że będzie o czym pogadać. Chociaż ja na twoim miejscu fotografowałbym wyłącznie to zjawisko... – rzucił Ani czarujący uśmiech.

Ania poczuła, że się rumieni. Art odszedł bez słowa, nie zwracając uwagi na zaciśnięte usta Wiktora.

– Frajer! – wycedził przez zęby Wiktor. – Wydaje mu się, że może mi podrywać dziewczynę. Wstawia te swoje gadki i myśli, że jest świetny.

– Przecież lubimy go słuchać – zaśmiała się Ania.

– Chodź, Wiktor, to twój wieczór.

W rogu galerii mężczyzna z siwą grzywą gestykulował zawzięcie, tłumacząc coś stojącej potulnie chudej szatynce, która wpatrywała się w niego ze zdumieniem. Mocno umalowane oczy przywodziły na myśl smutnego klauna, który trafił tu przypadkiem, a teraz musi grać do końca nie swoją rolę.

– Portrety... – prychnął z pogardą. – Kiedyś to się robiło portrety. Taka Gloria Grey to była dopiero gwiazda... – rozmarzył się przez chwilę. – Nikt o niej nic nie wiedział. Umówić się z nią na sesję graniczyło z cudem. Zupełnie jakby dostać się na audiencję do angielskiej królowej.

– Co ona taka ważna? – zdziwiła się szatynka. – Każda gwiazda lubi, jak się o niej pisze...

– Prawdziwa gwiazda ma media w głębokim poważaniu – przerwał jej gwałtownie mężczyzna – zapamiętaj sobie. Czekałem pod jej drzwiami dwa długie lata, aż wreszcie zgodziła się na kilka portretów. Ręka drżała mi jak jakiemuś sztubakowi, a byłem już w branży dobrych dwadzieścia lat. Fotografowałem prezydentów, noblistów, dysydentów... – wyraźnie się rozgadywał – a przy wielkiej Glorii zapomniałem naciągnąć migawkę. Mi – gaw – kę! – Potknął się o krzesło i zatoczył prosto na Anię, która od dłuższej chwili przysłuchiwała się rozmowie. – Przepraszam. – Czknął głośno i przechodzącego kelnera chwycił mocno za ramię. – Synku, masz jeszcze trochę tego tam... – Dźgnął palcem pustą tacę. – Mówiono kiedyś o jej burzliwym romansie. W tamtych czasach to była sensacja. – Pochylił się teraz nad szatynką i dodał konfidencjonalnym szeptem: – W końcu była szczęśliwą mężatką – podniósł głos. – Wielki producent i wielka gwiazda. Miała klasę, której już się nie spotyka. – Spojrzał nieprzytomnie na Anię i nagle uśmiechnął się szeroko. – Ale zdjęcia były boskie! – Przygarnął ją ramieniem, szczęśliwy, że powiększył swoje grono o jeszcze jedną słuchaczkę. – Patrzcie... – Wyciągnął z marynarki zniszczony portfel i machnął nim przed nosem zdumionej szatynki. Nie zwrócił uwagi na wysypujące się z niego wizytówki. Sięgnął do przegródki i ostrożnie wyłuskał fotografię o wytartych brzegach. – No, chodź, mała, ty też możesz ją zobaczyć – rozkazał, trzymając drugą ręką łokieć Ani, która już pochylała się nad zdjęciem, wpatrując się w czarno-biały portret.

Z kadru spoglądała na nich kobieta w wydekoltowanej sukni, o niespotykanie ciemnych oczach. Patrzyła, jakby na coś czekała. Włosy ułożone w staranne fale spływały na jej nagie ramiona.

– To jest prawdziwa gwiazda! Rozumiecie?! – ryknął i tracąc dla nich zainteresowanie, odpłynął dalej, aby znaleźć następnych słuchaczy.

Ania nie lubiła takich zgromadzeń, bo czuła się wtedy jak dziecko na diabelskim młynie. Dziś wszystko kręciło się wokół jednego tematu, a w dodatku ciągle ktoś porywał jej Wiktora, który uważał, że ze wszystkimi trzeba zamienić parę słów. W końcu to było jego święto, więc trudno, aby miała do niego pretensję.

Kelner podsunął jej kolejną lampkę czerwonego wina. Sięgnęła machinalnie i przechyliła ją w stronę światła. Czerwone wino obmyło cienkie ścianki i ujrzała w odsłoniętym szkle zniekształcone sylwetki gości. Nienaturalnie wielkie głowy i maleńkie ciała. Wstrząsnęła kieliszkiem i złudzenie prysło.

„Na ilu takich przyjęciach bywała swoim życiu Gloria Grey?" – pomyślała, mając w pamięci pełną melancholii twarz uwiecznioną na starej fotografii.

I nagle zrozumiała, że chciałaby z nią porozmawiać. Jej wzrok padł na jedyne wolne krzesło stojące tuż przy drzwiach prowadzących do kuchni. Ruszyła w tamtą stronę, aby choć przez chwilę się skupić. Czuła, że chwyciła jakąś niewidzialną nić, mogącą ją poprowadzić w miejsca, których dotąd nie widziała.

Wiktor prześlizgnął się w tłumie, rejestrując wzrokiem interesującą go grupkę rozmówców. Stała tam Zuzanna, niezwykle kobieca w krótkiej obcisłej sukience, i z ożywieniem opowiadała coś wpatrzonym w nią słuchaczom. Odwróciła się na chwilę, jakby poczuła na sobie jego wzrok. Rzuciła mu konspiracyjny uśmiech i pochyliła się nad Bogdanem Mrówczyńskim, szepcząc mu coś do ucha.

Wiktor ruszył w ich stronę, wymieniając po drodze kilka uprzejmości. Minął szybko dziewczynę w garniturze, która od dłuższej chwili wodziła nieobecnym wzrokiem po potrącających ją w ciasnym korytarzu gościach wystawy. Chwyciła go za łokieć, ale zaraz puściła i zaśmiała się histerycznie, przyciągając spojrzenia kilku osób.

– I to ma być ta odjazdowa imprezka z wernisażem? Idę do Paradiso. Tam przynajmniej coś się dzieje.

– Daj spokój, Paula. Tu też się dużo dzieje. Wystarczy dobrze się rozejrzeć – zaprotestował towarzyszący jej wysoki chłopak. – Nie bądź nudna.

– Nie wiesz, kim jest autor tych fotek? – spytała, porywając z tacy przechodzącego kelnera kieliszek wina. – Przydałby nam się do sfotografowania kolekcji...

– Jak to, nie wiesz? Przecież właśnie tędy przechodził. Jeszcze go nie poznałaś? – Wskazał grupę dziennikarzy „Podglądu" skupionych przy opowiadającym coś z ożywieniem Wiktorze. – To ten blondyn z twarzą niewiniątka. Doktor Jekyll i Mister

Hyde. Będziesz sławną projektantką, to też cię dopadnie – zaśmiał się złośliwie.

– Tutaj jesteś! – Ania usłyszała radosny głos Magdy, która rozpięła kombinezon, pokazując ryzykownie wyciętą, żółtą jak słonecznik podkoszulkę. – Uf... ale tu gorąco. Uwielbiam imprezy, a ty co tak siedzisz? Popatrz lepiej, jak pani prezes pożera wzrokiem twojego chłopaka – dodała Magda, pochylając się nad przyjaciółką.

Ania wstała, aby lepiej widzieć rozgrywającą się scenę.

– Uważaj, żeby ci go nie schrupała na śniadanie. – Wskazała palcem Zuzannę.

– Połamałaby sobie na nim zęby – powiedziała z przekąsem Ania i dodała, dostrzegając kręcącą się w pobliżu wyjścia Paulę: – A ty uważaj lepiej na konkurencję. Widzisz, jak się rozgląda? Wpadła na chwilę, aby tu powęszyć i spada.

– Im prędzej, tym lepiej... – wzruszyła ramionami Magda. – Podobno zadaje się ze Stadem Bocianów. Niech odlatuje i nie wraca. – I obydwie, jak na komendę, wybuchnęły śmiechem.

Na scenie pojawił się zespół. Muzycy przez chwilę stroili instrumenty, wymieniając porozumiewawcze spojrzenia. Basista wykonał krótką solówkę, czym wywołał entuzjazm kilku dziewczyn. Potem stanęli nieruchomo, spoglądając z góry na publiczność. Zapadła kompletna cisza.

– A teraz, moi drodzy, niespodzianka! – nagły ryk, który z trudem można było skojarzyć z głosem szefa klubu, sprawił, że część gości złapała się za serce w geście udawanego przerażenia.

Mężczyzna ledwo trzymał się na nogach, wsparty o stojak mikrofonu. Realizator siedzący przy konsolecie rzucił przepraszające spojrzenie i wyrównał poziom dźwięku.

– Oto głos, którego nigdy nie zapomnicie! – zawołał gromko właściciel Kameleona, jakby zapowiadał nie koncert, ale bokserką walkę. – Oto ciało, które będzie wam się śniło co noc!

– Rysiek, daj spokój! – Maciej Wyrwiński, zwany przez znajomych po prostu Wyrwasem, krótko ostrzyżony menadżer wschodzącej gwiazdy, dyskretnie odciągał od mikrofonu szefa klubu, który najwyraźniej dopiero się rozkręcał.

– Przed państwem... Figaaaa! – zdążył jeszcze krzyknąć i runął na deski sceny, czym wywołał huragan śmiechu.

Zniesiony pospiesznie przez ochroniarzy zniknął w falującym tłumie gości zgromadzonych pod samą sceną.

W świetle reflektorów pojawiła się dziewczyna. Miała na sobie skąpy obcisły kombinezon, który niewiele pozostawiał wyobraźni. Długie blond włosy, białe buty na niewiarygodnie wysokich koturnach i rzęsy o niewystępującej w przyrodzie długości.

– Co to za Barbie? – spytała z przekąsem Magda. – Skąd ją wytrzasnęli?

– Nie wiem – odpowiedziała zdezorientowana Ania. – Spytam Wiktora, czy wiedział o tej niespodziance.

Figa chwyciła mikrofon i zaczęła śpiewać.

5

Przerzucone przez poręcz fotela pończochy wyglądały jak unoszące się w powietrzu blade duchy. Ania przetarła oczy i utkwiła w nich wzrok, starając się zrozumieć, co ma przed sobą. Nie mogła oprzeć się wrażeniu, że jej głowa waży tonę i jedynym ratunkiem byłoby wyjście z domu, bieg po parku i uporządkowanie na nowo myśli po tej zwariowanej nocy w Kameleonie. Była pewna, że wtedy zaczęłaby normalnie myśleć. Podniosła się ostrożnie na łokciu, konstatując, że ma przed sobą własne pończochy. Ziewnęła, tracąc zainteresowanie dla pozostałej części garderoby, która leżała rozrzucona po pokoju, tworząc krajobraz po bitwie.

Pamiętała, że wracali bardzo późno i że nie mogła wejść po schodach, zatrzymując się na każdym stopniu, osłabiona nieopanowanym śmiechem. Wiktor umiał ją rozśmieszyć jak nikt inny. Wreszcie zniecierpliwiony przerzucił ją sobie przez ramię i wniósł do mieszkania niczym trofeum. Na myśl o tym, co było później, nie mogła powstrzymać szerokiego uśmiechu.

Kochali się jak szaleni. Zawsze w takich chwilach wydawało jej się, że przechodzi na drugą stronę, że budzi się w niej ktoś inny, a otwierając się przed Wiktorem, staje się odważniejsza i szczęśliwsza. Oddawała mu się bez reszty tak żywiołowo, że gdy przybijała do brzegu, musiała szukać w sobie oddechu, odzyskiwać świat na nowo, nosząc w sercu pokusę, aby zostać tam na zawsze. Po drugiej stronie światła.

Spojrzała z czułością na Wiktora. Leżał teraz nagi i bezbronny, pogrążony we śnie, który starł z jego twarzy napięcie i sprawił, że wyglądał jak chłopak, a nie mężczyzna.

Znała go już blisko trzy lata, a wciąż wydawał jej się tak nieuchwytny. Nie była pewna, czy wśród wielu jego twarzy jest w stanie rozpoznać tę prawdziwą. Ostrożnie, aby go nie obudzić, naciągnęła na niego kołdrę i opadła na poduszki.

Czuła jeszcze lekki zawrót głowy. Przypomniała sobie wernisaż i młodego kelnera, który gdy tylko kończyła wino, pojawiał się z tą swoją tacą, proponując kolejny kieliszek caberneta.

Powoli z chaosu myśli wyłoniło się wspomnienie obrazu karuzeli. Przymknęła powieki i poczuła na ustach słodycz cukrowej waty, a potem pocałunek. I już unosili się wysoko, a ziemia uciekała im spod stóp. Pęd powietrza porywał jej rozpuszczone włosy. Patrzyła na Wiktora. Uwięziona w metalowym krzesełku wyciągała ręce, aby go chwycić, ale umykał jej, spadając raz po raz w dół. Koło karuzeli obracało się bez końca, a on oddalał się w szalonym pędzie. Coś do niej krzyczał, lecz muzyka wydobywająca się z chrypiących głośników zagłuszała jego słowa, więc nawet nie próbowała go zrozumieć. W blasku jarmarcznych lampek widziała już tylko uśmiech uciekającego Wiktora.

Potrząsnęła głową i karuzela zniknęła, ustępując miejsca ciszy. Otworzyła oczy, czując pod powiekami piasek. Za oknami przejechał samochód. Blady świt wdzierał się przez uchylone zasłony.

Wiktor mruknął coś i przewrócił się na drugi bok. Nagle spojrzał na nią całkowicie przytomny.

– Nie śpisz? – spytał, przygarniając ją do siebie.

– Pamiętasz fajerwerki nad Wisłą? I karuzelę? – spytała, unosząc się na łokciu.

Czuła mocne uderzenia serca. Patrzyła mu prosto w oczy, chcąc wyczytać w nich przyszłość.

– Noc świętojańską? – wymruczał leniwie Wiktor. – Jasne. Nasz pierwszy spacer. Jak mógłbym nie pamiętać? – dodał cicho, zaskoczony malującym się na jej twarzy wzburzeniem. – Coś się stało?

Patrzyła na niego, jakby widziała go po raz pierwszy. Wodziła powoli wzrokiem po znajomych rysach, zatrzymując się przy kąciku ust, gdzie kryła się maleńka blizna z dzieciństwa, ślad po jednej z chłopięcych bójek.

– Tak mało mamy ostatnio dla siebie czasu. Ciągle znikasz. Czasem myślę, że jesteś tylko duchem i zaraz rozpłyniesz się w powietrzu.

– Pewnie dlatego, że najczęściej wracam nad ranem – zażartował.

– Powiedz, że mnie nigdy nie zostawisz – wyszeptała, czując zbierające się pod powiekami łzy.

– Powiedz, proszę...

– Kocham cię, jak mógłbym to zrobić?

– Przyrzekasz? – chciała się upewnić.

Delikatnie wypuścił ją z objęć i wstał, aby sięgnąć po leżącą na biurku pocztówkę. Była to jedna z nielicznych pamiątek Wiktora znajdujących się w mieszkaniu Ani, od kiedy przeprowadził się do niej z dobytkiem mieszczącym się w jednej żółtej lotniczej walizce.

– Pamiętasz tę historię o mamie... – Wiktor usiadł przy niej na brzegu łóżka. – Kiedy nas opuściła, świat się zawalił. Pozostała pustka. Zawsze, gdy wracałem ze szkoły, wspinałem się na palce, żeby zajrzeć przez niewielkie dziurki do skrzynki na listy, w nadziei, że odezwie się z innego świata. Wreszcie nadeszła. Kolorowa kartka z dalekiego lądu! Była dla mnie niczym rajski ptak, który przez przypadek przysiadł na gzymsie szarej kamienicy.

Ania ostrożnie wyjęła mu ją z rąk. Na tle rozgwieżdżonego nieba wybuchały fajerwerki sztucznych ogni, oświetlając widok starego portu. Miasto odbijało się w wodzie, a na dole widniał napis *Eivissa*.

– Piękna widokówka – wyszeptała.

– Ten obraz był dla mnie niespełnionym rajem. Zdradziła mnie dla lepszego świata. Nigdy nie potrafiłem jej tego wybaczyć – powiedział Wiktor stłumionym głosem. – Jak mógłbym to tobie zrobić?

– Pojedźmy tam kiedyś... – Ania przytuliła go, widząc, jak bardzo jest teraz bezbronny. – Pojedziemy, może odnajdziemy prawdziwy raj?

6

Nie lubię poniedziałku i *Dzięki Bogu już piątek*. Tydzień Ani przebiegał pod znakiem dwóch tytułów filmowych. Dzisiaj, niestety, leciał ten pierwszy. Szybkim krokiem przemierzała korytarze redakcji, chcąc jak najszybciej znaleźć się w swoim boksie. Towarzyszące temu uśmieszki nie wróżyły nic dobrego.

– Baron o ciebie pytał – rzuciła jej przez ramię Mariola, wertując nerwowo stosy leżących na biurku listów od czytelników. – Uważaj na niego. – Spojrzała na Anię ze współczuciem. – Zdjęcia poszły bez podpisów. Jest wściekły...

– O, widzę, że raczyłaś zaszczycić nas swoją obecnością – rozległ się znajomy głos. – Kopciuszek był na balu, widziałem, widziałem... – Baron rozejrzał się, chcąc sprawdzić, jakie wrażenie robią jego słowa.

Rozległy się stłumione chichoty.

– Gdzie się podziały podpisy pod zdjęciami? – spytał z kwaśnym uśmiechem.

– Zrobiłam je i przekazałam do składu – odezwała się półgłosem dziewczyna. – Nie wiem, co się mogło stać. – Otworzyła pocztę mailową i stuknęła paznokciem w monitor. – Są tutaj, w wysłanych.

– Są w wysłanych – przedrzeźniał ją Baron. – Są w wysłanych, dobre sobie, trzeba było się upewnić, czy doszły – wycedził przez zęby. – Ale ty miałaś na głowie coś zupełnie innego! – Zerknął w stronę pustego boksu. – A gdzie Wiktor?

– Pewnie nie może się zdecydować na koszulę, paski wyszły z mody – odpowiedział Sebastian – a kwiaty są takie, no wiecie, nie przystoją prawdziwemu macho...

– Jak przyjdzie, powiedz mu, żeby do mnie wpadł. I nie gadaj głupot – w głosie mężczyzny pojawiła się nutka rozbawienia.

– Dzwoniłam – odezwała się półgłosem Ania. – Dzwoniłam i materiał doszedł.

Baron udał, że tego nie słyszy, i poprawiając kołnierzyk wzorzystej koszuli, ruszył w stronę swojego gabinetu.

Gdy tylko zniknął, rozległ się szmer rozmów.

– Wiem, że zdjęcia miały podpisy – mruknął blady chłopak, praktykant z ostatniego roku dziennikarstwa. – To naczelny kazał je usunąć. Słyszałem, jak rozmawiał na ten temat ze składem.

– Stary sklerotyk – prychnęła Mariola.

– Szkoda, Adaś, że od razu tego nie powiedziałeś! – wybuchnęła Ania.

– Żartujesz? – Chłopak wzruszył ramionami. – *Prawda potrafi być okrutna* – dodał. – To sentencja wielkiego Coxa, wolałbym nie odczuć jej na własnej skórze...

– Ale z ciebie szuja – powiedział z podziwem Sebastian. – Szybko się uczysz.

– Nie przejmuj się Baronem, pewnie znów nie wyszedł mu jakiś podryw – pocieszyła ją Mariola. – Jak chcesz, to skoczymy na lunch do Maurizia. Dzisiaj są te pyszne pierożki z gorgonzolą.

– Dzięki, Mariolka, ale nie mam czasu na lunch. Jak znam życie, to zaraz dostanę maila z nowymi zadaniami – rzuciła jej pełne wdzięczności spojrzenie.

– Anka, nie pękaj! – zawołał z sąsiedniego boksu Sebastian. – Chodź, coś ci pokażę...

Ania wstała z krzesła z bladym uśmiechem. Na ekranie monitora, który był znacznie większy niż jej, ujrzała zdjęcie przedstawiające znanego rockowego muzyka szarpiącego się z portierem hotelu Astoria.

– A teraz uważaj – budował napięcie Sebastian i kliknął następne ujęcie.

Tym razem portier leżał rozciągnięty na chodniku, a muzyk rozkładał bezradnie ręce. Wokół widać było zbiegowisko przechodniów. Przebiegła wzrokiem krótki tekst.

– *Czyżby Waldi chciał się sprawdzić w roli boksera? Sądząc po wynikach sprzedaży ostatniej płyty, zmiana zawodu nie jest takim głupim pomysłem. Gwiazda polskiego rocka nokautuje swojego fana* – przeczytała na głos ostatnie zdania. – No nie żartuj. – Uśmiechnęła się zdumiona. – Taki z niego bokser?

– Też byłem zaskoczony, ale cóż miałem robić? – Sebastian rozłożył bezradnie ręce. – Materiał sam wszedł mi w łapy. – Zaśmiał się głupkowato.

– Nalot! – dotarł do nich przenikliwy szept Marioli.

Sebastian płynnym ruchem przełączył ekran na plik tekstowy, nad którym właśnie pracował.

– Ten akapit jest całkiem niezły, ale trzeba będzie jeszcze pomyśleć... – mówił z nienaturalnym ożywieniem, spoglądając z pytaniem w oczach na Anię.

Baron przeszedł obok, kątem oka rejestrując wysiłki redakcji zmierzające do osiągnięcia idealnego kształtu artykułu.

Ania powróciła do swojego biurka. Wygaszacz ekranu ustawiony był na roześmianą twarz Wiktora. Zrobiła to zdjęcie na początku ich znajomości, jesienią w Łazienkach. Ukryli się nocą w parku i doczekali świtu. Założył się z nią, że otworzy kłódkę łączącą łańcuchy spinające łodzie. Śmiała się nerwowo, mówiąc, że nigdy mu się to nie uda i że nie zabierze jej na romantyczną przejażdżkę. Tak naprawdę bardzo się bała, wiedząc, że jeśli to zrobi, wlepią im mandat albo stanie się coś jeszcze gorszego. Wystarczyło mu kilkadziesiąt sekund...

Nigdy nie zapomniała uczucia strachu pomieszanego z zachwytem. Gdy wsiedli do łódki, zabrała mu aparat i zrobiła zdjęcie. Udało jej się uchwycić łobuzerski błysk w oku i tę jego zmysłowość, która przyprawiała ją o szybsze bicie serca. Uśmiechnęła się na samo wspomnienie ucieczki, bo nigdy tak szybko nie biegła jak wtedy, gdy gnani okrzykami strażników przekraczali bramę parku.

– Kopciuszek marzy – rozległ się szept Adasia. – Nic dziwnego, że tak wkurza Barona.

Starała się tego nie słyszeć, lecz gdy otwierała plik ze zdjęciami gotowymi do opisu, ręce jej jeszcze drżały i w pierwszej chwili nie mogła trafić w odpowiedni klawisz.

Był tylko jeden powód, dla którego tkwiła w tym brukowcu, mając o nim jak najgorsze zdanie. No może dwa, bo cały czas liczyła na bardziej ambitny dodatek, gdzie mogłaby zamieszczać portrety swoich bohaterów.

Ktoś zasłonił światło i w tym samym momencie pierwszy powód zmaterializował się, siadając na krawędzi biurka. Zajrzał jej przez ramię w monitor i uśmiechnął się z zadowoleniem.

– Przerwa na kawę – zakomenderował, łapiąc ją za rękę. – No chodź. Nie mam za dużo czasu, a stęskniłem się za tobą.

– Baron pragnie twojego towarzystwa – rozległ się głos Sebastiana. – Idź, proszę, bo inaczej będzie chodził struty i nie da nam żyć.

– Kocha, to poczeka – rzucił od niechcenia Wiktor. – Potem do niego wpadnę.

Małe pomieszczenie bez okien, nazywane przez dziennikarzy kanciapą, było puste. Ekspres do kawy syczał i parskał, jakby zaraz miał coś powiedzieć albo, co gorsza, zamilknąć.

– Kiedy go wreszcie naprawią? – Wiktor sięgnął po plastikowy kubek z wydrukowanym okiem. – Nawet tutaj na nas patrzy – dodał i nacisnął czerwony guzik maszyny.

– Trzymaj. – Wręczył Ani kawę. – I siadaj. Muszę się tobą nacieszyć. – Rzucił jej szelmowski uśmiech, któremu zazwyczaj nie potrafiła się oprzeć.

Dzisiaj jednak najwyraźniej przebywała w innym świecie. Nadal stała, jakby nie słyszała jego słów, i gdy podniosła wzrok, zauważył w jej oczach podekscytowanie, ale, co stwierdził z przykrością, nie on był chyba jego przedmiotem.

– Mam rewelacyjny pomysł... – zniżyła głos i zerknęła w stronę uchylonych drzwi, upewniając się, czy przypadkiem Sebastian nie poczuł akurat w tym momencie gwałtownego pragnienia. – Zrób jeszcze kawę dla siebie, zaraz ci wszystko powiem...

Usiadła na wysokim drewnianym stołku i objęła ciepły kubek, aby ogrzać dłonie. Jesienią zawsze marzła. Patrzyła na Wiktora i cały czas nie mogła uwierzyć, że jest jej facetem. Poruszał się z gracją, krążąc po małym pomieszczeniu jak dzikie zwierzę w klatce. Trudno uchwytny i tak bardzo pożądany. Uśmiechnęła się z czułością, widząc, jak wsypuje cztery łyżki cukru do swojej kawy. Potem opadł na krzesło i wyciągając nogi, potarł nieogolony zarost.

– Mów wreszcie, bo nie mogę się doczekać... – ponaglił Anię.

– Był taki gość na wernisażu, ten lekko podcięty... – rozpoczęła.

– Większość była zalana – przerwał jej Wiktor.

– Starszy, z siwą grzywą – wyjaśniła niecierpliwie.

– Podrzucił mi pewien pomysł. Słyszałeś o Glorii Grey? – spytała, ściszając głos. – Wiesz, grała kiedyś w hollywoodzkich filmach. Jako mała dziewczynka wyjechała z rodzicami do Ameryki i zrobiła tam światową karierę.

– Coś mi się obiło o uszy – odpowiedział wymijająco Wiktor. – Chyba wiem, o kim mówisz.

– Mieszka gdzieś pod Warszawą. Wiedziałeś? – Ania pochyliła się w jego stronę. – I nie udziela żadnych wywiadów. Nikomu, rozumiesz? Wszystkim odmawia.

– Takie są najgorsze – skrzywił się Wiktor.

– A może by tak spróbować się z nią spotkać? – zapytała z nadzieją w głosie. – Znaleźć jakiś sposób, aby przełamać jej milczenie. Ten fotografik pokazał mi zdjęcie dojrzałej Glorii i poczułam, że w jej życiu jest jakaś tajemnica. Mógłby być z tego niesamowity materiał... No wiesz, w sam raz do nowego dodatku.

Wiktor potarł w zamyśleniu brodę. Od razu odezwał się w nim instynkt myśliwego. Przyszło mu do głowy, że taki wywiad, gdyby znalazło się jakieś pikantne historie, byłby niezłym kąskiem, kto wie, może nawet wartym Peryskopa.

Spojrzał na Anię czekającą w napięciu na jego słowa.

– Właściwie czemu nie spróbować? – zastanawiał się przez chwilę. – Kiedyś już to wymyśliłem, ale słyszałem, że strzeże jej podobno jakiś cerber...

– Może uda nam się do niej jakoś dotrzeć... – Zerwała się z krzesła, żywo gestykulując. – Zbiorę wszystko, co tylko da się na jej temat znaleźć. Filmografia, stare wywiady, wiem przecież, jak to się robi! Wiktor, mówię ci, to będzie absolutny hit!

W drzwiach pojawił się praktykant Adaś. Zajrzał ciekawie i zauważywszy Wiktora, machnął na niego ponaglająco.

– Naczelny cię szuka! – syknął.

– Dobra, młody, już lecę – uspokoił początkującego adepta sztuki dziennikarskiej. – Nie stresuj się tak.

Adaś wzruszył ramionami i wycofał się na korytarz.

– To co? Robimy to? – dopytywała się niecierpliwie Ania.

– Dla ciebie zrobiłbym wywiad nawet z Nosferatu – zażartował Wiktor. – Cicho sza! To będzie sensacja...

Nawet nie wiedział, kiedy Ania znalazła się w jego ramionach.

– Bonnie i Clyde zdobywają „Podgląd" – zaśmiała się radośnie. – Nie mogę się doczekać...

– Ja już nie żyję... – Przytulił ją i pocałował w czubek nosa. – Muszę lecieć do Barona! – Przygładził włosy i wyraźnie zadowolony wyszedł na korytarz prowadzący prosto do gabinetu naczelnego. – Aha... – Zatrzymał się jeszcze na chwilę. – Wyrwas... no wiesz, ten menadżer gwiazdki z Kameleona, ma do mnie jakiś romans. Nie czekaj, spotkamy się w domu – rzucił na pożegnanie.

– Bądź przed pierwszym pianiem koguta, ty mój wampirze – zawołała jeszcze Ania i posłała mu całusa.

Nigdy nie dawała Wiktorowi odczuć, że jest zazdrosna. Ale kiedy biegł na te swoje służbowe spotkania, czuła niechciany skurcz w sercu, rodzący się niepokój, który sprawiał, że nie przestawała o tym myśleć. Najgorsze były noce. Przewracała się z boku na bok, gdy zerkała na telefon, nie mogąc się zdecydować, czy do niego zadzwonić. Potem rezygnowała, bo zdawała sobie sprawę, że to głupie.

Zawsze lubiła wymyślać różne historie. Ale w tym przypadku nieposłuszne jej woli obrazy pchały się pod powieki, mnożyły się warianty czarnych scenariuszy, w których nigdy nie chciałaby być obsadzona w przypisanej jej roli.

Ona przyglądająca się z daleka swojemu chłopakowi w otoczeniu kobiet zabiegających o jego względy. Wiktor, niezwracający na nią uwagi, tańczący z obcą dziewczyną w jednym z nocnych klubów.

Czasami łapała się na tym, że w jej uczuciu jest jakieś szaleństwo, coś, co sprawia, że choć szczęśliwa, nie potrafi uwierzyć w trwałość ich związku. Gdy jednak patrzyła mu w oczy, niepokój mijał jak zły sen i śmiała się z tych historii rozgrywających się jedynie w wyobraźni.

7

Przeraźliwy dźwięk rozdarł przestrzeń muzycznego salonu o przebojowej nazwie Więcej Czadu. Chłopak stojący przy kasie spojrzał z wyrzutem w stronę wypróbowującego nowy wzmacniacz Maćka Wyrwińskiego, który kręcił gałkami, wpatrując się w zachwytem w czarną skrzynkę.

– Ciszej trochę! – rozległ się krzyk z drugiego końca sklepu, gdzie długowłosa dziewczyna przykładała smyczek do podtrzymywanych brodą skrzypiec.

– Spoko, nie ma sprawy. – Maciek, zwany w branży Wyrwasem, posłał jej fałszywy uśmiech. Przejrzał się w szybie gabloty i rozpiął skórzaną kurtkę, odsłaniając czarną podkoszulkę z trupią czaszką. Zerknął na cienką warstwę kurzu pokrywającego jego wypolerowane kowbojki. Skrzywił się i potarł butem o dywan. Zadowolony sprawdził jeszcze, czy nikt nie stoi przy jego harleyu zaparkowanym tuż przy sklepie. Otworzył instrukcję i przebiegł wzrokiem tekst. – Kurwa! Po japońsku! – zaklął głośno.

– Tu jest angielska. – Sprzedawca obojętnie podał mu wydrukowaną broszurę.

Wyrwas mruknął coś pod nosem i włożył ją do kieszeni.

Drzwi salonu otworzyły się z impetem i do środka wszedł Wiktor. Rozejrzał się i dostrzegłszy stojącego przy oknie wystawowym Maćka, ruszył z uśmiechem w jego stronę.

– Jestem. – Wyciągnął na powitanie rękę. – Masz coś dla mnie?

– Witam, maestro, wszystko po kolei. Zobacz, jaki piękny piec. Żółtki nie potrafią śpiewać, ale sprzęt robią spoko. Normalnie wymiata. To dla mojej kapeli, teraz dopiero damy czadu... – Wyrwas wyraźnie się rozkręcał.

– Jeśli zaprosiłeś mnie tutaj po to, aby pochwalić się tym pudłem, to cię chyba pogięło – przerwał mu wyraźnie zdenerwowany Wiktor. – Stary, ja mam robotę! – Stuknął znacząco w wiszący na szyi aparat.

– Cześć, chłopaki, nie przeszkadzam? – przerwał mu tyradę właściciel sklepu, były rockowy muzyk, którego nikt nigdy nie widział bez beżowego stetsona, a o tym, że go w ogóle nie zdejmuje, nawet na noc, krążyły już legendy. – Widzieliście nową perkusję? Najnowszy Gretsch, aktualnie jedyna na polskim rynku. Na czymś takim gra Phil Collins. Normalny czad! – dodał i wykonał ruch imitujący grę na bębnach.

– Pokaż – zainteresował się Wiktor. – Chętnie ją zobaczę.

Piętro wyżej, w samym rogu sali, zwracał uwagę imponujący zestaw instrumentów perkusyjnych. Blachy i membrany były najwyższej jakości. Stała tam grupka młodych muzyków, którzy komentowali wygląd sprzętu.

– Prosto ze Stanów – pochwalił się właściciel sklepu. – Spróbuj, Wiktor, zobaczysz, można odlecieć. Ja muszę, niestety, spadać – dodał i wręczył mu pałki.

Wiktor przyjrzał się perkusji. Utrzymana w czarno-czerwonych kolorach, z elementami złoceń na obrzeżach, stała sobie przy oknie jak księżycowy pojazd, który za chwilę przewróci się na bok, wysunie anteny i ruszy na podbój nieznanego lądu. Myślami był już w niewielkiej piwniczce starej śląskiej kamienicy i siedział za bębnami, spoglądając na swoich kumpli, którzy podłączali gitary do marnego wzmacniacza. Przez brudną szybkę widział nocne niebo, a goła żarówka oświetlała zbierające się pod sufitem pajęczyny.

– Halo, tu Houston, słyszysz mnie... – głos dobiegał z bardzo daleka i dopiero po chwili Wiktor uzmysłowił sobie, że należy do Maćka. – Jakiś problem?

– Kiedyś grałem... – Spojrzał na niego w roztargnieniu, przejeżdżając dłonią po powierzchni talerza. Przez chwilę niski dźwięk wibrował w powietrzu. – Prowincjonalna kapela o kosmicznym zasięgu. Myśleliśmy z chłopakami, że podbijamy świat. – Wiktor wzruszył ramionami. – Skończyła się, bo dozorca doniósł dzielnicowemu. Usiadł przy perkusji i wykonał krótką solówkę. Rozległy się gromkie brawa. Nie zauważył, że grupa muzyków powiększyła się o kilka dziewczyn. Uśmiechały się do niego zupełnie jak koleżanki ze szkoły, które godzinami wysiadywały na próbach.

– Ty, ale wymiatasz na tych bębnach, ja nie mogę.

– Wyrwas pokiwał z niedowierzaniem głową. – Chyba cię weźmiemy do zespołu.

– Wolę was fotografować niż z wami grać. – Wiktor roześmiał się wyraźnie zadowolony.

– A właśnie, w tej sprawie chciałem się z tobą zobaczyć – menadżer Figi ściszył głos. – Chodźmy stąd, za dużo kręci się tu tych dzieciaków.

Wiktor odłożył z ociąganiem pałki i ruszył w stronę stojących pod ścianą fortepianów.

– A jak ci się podobał mój nowy towar? – spytał, mrugając do niego porozumiewawczo.

– Jaki towar? – zdziwił się Wiktor. – Ten piecyk? Nie znam się dobrze na tym, ale pewnie to mistrzostwo świata.

– Piecyk to z niej jest, wiem coś o tym – zarechotał Wyrwas. – Ale nie ten towar mam na myśli. Mówię o Andżelice. Co ty, nie wyspałeś się dzisiaj?

Wiktor stuknął się w czoło.

– Figa! Śpiewająca gwiazdka z wernisażu...

– *Nie będę walczyła, nie mam już sił. Nie będę płakała, straciłam łzy. Kręciłeś, kłamałeś, gdy kradłeś mi, ukryte przed tobą moje tylko dni...* – Maciek na chwilę zamienił się w Figę.

– *Zamknij wreszcie drzwi, zabierz stąd swój cień. Przestań liczyć dni, już nie spotkasz mnie. Kartki fruną wciąż, pełne pustych słów. Kłamstwa, prawdy, sny wciąż wirują, wciąż...* – słowa refrenu zaśpiewali zgodnym chórem.

– Wiedziałem, że ci się spodoba... To materiał na hit – powiedział z satysfakcją Maciek. – Sama napisała tekst...

– Świetny, trzeba przyznać – stwierdził z uznaniem Wiktor. – Ale wolę ten kawałek w jej wykonaniu...

Maciek machinalnie dotknął ucha, na którym nosił mały złoty kolczyk. Przeciągnął się i rzucił mu chytre spojrzenie.

– Tak... niezła, ale mało znana – dodał sceptycznie. – Wiesz, jak to jest, ktoś jest niezły, ale nie może się przebić.

– Nie martw się. Masz dobrą rękę, niedługo będzie w pierwszej lidze, zobaczysz – starał się go pocieszyć Wiktor.

– No tak, rzeczywiście. – Maciek uderzył w klawisz fortepianu. – Tak sobie myślę, gdyby coś o niej napisać, kilka fotek, relację z koncertu, to nie byłoby źle. Dziewczyna by się ucieszyła.

– Pewnie, że byłoby dobrze – zgodził się Wiktor.

– Ale wiesz, jak to jest z Baronem. Gorące materiały. Skandale, afery. Tylko to go kręci.

– Sęk w tym, że Figa za mało udziela się towarzysko... – zasępił się Wyrwas.

– Gdy tylko znajdzie się wysoko na listach, to palma jej odbije. – Wiktor klepnął go po plecach. – One zawsze tak reagują na sławę. Wtedy wszyscy się będą bić o jej fotki i rzucane złote myśli.

– A może gdyby, no wiesz, złapać ją na jakimś numerze – mówił Maciek, starannie dobierając słowa. – Jakiś taki skandal, że niby ona z kimś ważnym... że jakiś romans... albo coś bardziej pieprznego...

– A co, kręci z kimś na boku? – zainteresował się Wiktor.

– No nie, ale zawsze można zasugerować, coś namieszać, czasem tak się robi. – Spojrzał mu prosto w oczy.

– Masz na myśli montowany materiał podpuchę? – Ton głosu Wiktora stał się zdecydowanie chłodniejszy. – Wiesz, że mnie to nie interesuje. Ja tak nie pracuję. – Nie krył niesmaku. – Słyszałeś kiedyś o czymś takim jak zasady? Ja w to nie wchodzę...

Z kieszeni marynarki Wiktora dał się słyszeć przenikliwy dźwięk przychodzącego smsa.

– Ale Wiktor... – starał się mu przerwać Wyrwas.

– Nie bądź taki nerwowy.

– No wiesz, są jakieś granice, za taki numer wyleciałbym z roboty – Wiktor podniósł głos.

– Co ty, źle mnie zrozumiałeś! – obruszył się Maciek. – Nie to miałem na myśli. Zapomnij o tym. Nie ma sprawy. Zapraszam cię na najbliższy koncert Angels, zobaczysz, ile ona z siebie daje. Weź koniecznie swoją dziewczynę, jest pierwsza klasa – dodał i puścił do niego oko.

– Wpadniemy z przyjemnością. – Wiktor odetchnął z ulgą i wyciągnął z kieszeni telefon.

Zerknął na wyświetlacz. Wiadomość była od Zuzy. Rozwinął tekst i przeczytał krótki komunikat: *Dzisiaj o 21.00 w Maskaradzie. To rozkaz!* Do listu dołączony był poruszający się emotikon. Wesoła kowbojka wypalała z dużego kolta, a zamiast dymu wylatywał z lufy obłok w kształcie powiększającego się serduszka.

– Co, miłosny liścik? – zgadywał Maciek. – Zazdroszczę ci, stary, takiej laski. Nie mogłem oderwać od niej oczu.

– Figa też niczego sobie... – rzucił uprzejmie Wiktor.

– Rozumiem, że tej rozmowy nie było? – upewnił się Wyrwas.

– Daj spokój, stary, nic się nie stało.

– Żałuj, jeszcze byś dostał za to tego waszego Peryskopa – zażartował Maciek, udając, że ustawia ostrość w nieistniejącym urządzeniu.

– Miałbym dużo czasu, aby go podziwiać... – zaśmiał się Wiktor. – No to trzymaj się, na razie! – Odwrócił się i zerkając tęsknie na perkusję, zbiegł po schodach, aby zniknąć w świetle drzwi.

– Niech to szlag! – Wyrwas uderzył z całej siły w klawisze.

– Maciek, odbiło ci? – usłyszał głos znajomego sprzedawcy. – Jeśli masz zły dzień, to zabieraj ten swój piec i wpadnij jutro, bo mi sklep zdemolujesz.

– Przywieźcie mi go do studia. – Maciek zatrzasnął klapę fortepianu i spojrzał spode łba na zdezorientowanego chłopaka. – Idę.

Po chwili niski pomruk odjeżdżającego harleya wtopił się w zgiełk miasta.

8

Ania wyjęła ulubione kieliszki do czerwonego wina. Ustawiła je ostrożnie na stole i przyglądała się przez chwilę całości kompozycji. Zapaliła długie świece, których światło załamywało się teraz na kryształowym szkle. Wyraźnie zadowolona poprawiła jeszcze serwetki i wyjęła z szuflady korkociąg. Dobiegające z kuchni zapachy zdradzały, że lazania będzie za chwilę gotowa. Zerknęła na stary zegar wiszący przy oknie. Wahadło odmierzało czas, a wskazówki zbliżyły się do godziny dwudziestej pierwszej.

„Powinien już być" – pomyślała, wybierając ulubione czerwone wino z chilijskich piwnic Concha y Torro.

Nie lubiła sama otwierać butelek, bo zawsze coś się działo z korkiem. Wyginał się na wszystkie strony albo wpadał do środka, skąd nie sposób już było go wyjąć.

Bicie zegara zbiegło się z sygnałem nadchodzącego smsa. Ania odłożyła korkociąg i sięgnęła po telefon. Na kolorowym wyświetlaczu pojawiło się zdjęcie Wiktora. Otworzyła z obawą pocztę.

– *Nie czekaj na mnie. Będę późno. Mam robotę* – przeczytała na głos. Do listu załączona była ikonka smutnego wampirka z podbitymi oczami. – Niech to szlag! – rzuciła ze złością i jednym ruchem otworzyła butelkę.

Podeszła do okna z kieliszkiem w ręku i spojrzała na ciemną ulicę. Dwa dni temu wysiadły latarnie i nikt nie pofatygował się, aby je naprawić. Obserwowała przez chwilę księżyc wychodzący zza chmur. Ponad dachami kamienicy, w oddali, widać było kolorowe światła miasta, które zabierało jej dzisiaj Wiktora.

Pomyślała, że to niesprawiedliwe. Nie lubiła być sama w nocy. Puste miejsce, pusta poduszka, chłód i dziwne sny czekały już na nią, czając się w ciemnej sypialni.

Przeszła do kuchni, czując intensywny zapach lazanii. Wyłączyła piecyk i uchyliła drzwiczki, zaglądając do środka. Złota skorupka skwierczała, a ciemniejsze plamy przypieczonego sera zdradzały, że danie jest gotowe.

Zawahała się przez chwilę i zamknęła drzwi piecyka. Straciła apetyt. Wróciła do pokoju i zdmuchnęła świece.

Uniosła wolnym ruchem srebrzystoszarą pokrywę laptopa. Komputer włączył się automatycznie, a dochodzący z jego wnętrza cichy szum zapraszał do rozmowy.

Żeglowanie po sieci sprawiało Ani wielką satysfakcję. Gdy siadała przed klawiaturą, zawsze czuła się jak kapitan niewidzialnej armady. Wystawiona na kaprysy zmiennych wiatrów i podstępnych raf dryfowała w nieznane, aby odkrywać tajemnice odległych lądów. Nieobce jej były tajniki wirtualnej nawigacji. Uwielbiała otwierać kolejne okna i rzucać się w przestrzenie nowych światów.

Za każdym razem miała uczucie, że znajdzie tam tajemniczy przekaz od jakiegoś wirtualnego demiurga, zdecydowanego podzielić się z nią swoją wiedzą. Teraz chciała odnaleźć Glorię Grey, gwiazdę, która mimo upływu czasu nadal lśniła pełnym blaskiem, uwieczniona na niekończących się taśmach celuloidu. Takie role jak Artemis w *Gorących greckich nocach* albo Susan w *Femme fatale* zapewniły jej stałe miejsce w filmowym panteonie. Ania myślała, że jeżeli kosmici odbiorą kiedyś sygnał z naszej planety i zobaczą w nim senne oczy Glorii, to z pewnością ich wyobrażenie o Ziemianach będzie lepsze, niż na to zasługują.

Wrzuciła do wyszukiwarki imię i nazwisko słynnej aktorki. Ponad dwieście trzy tysiące wyników znalezionych w ciągu jednej dziesiątej sekundy mówiło samo za siebie. Sława Glorii nie gasła, wręcz przeciwnie, rosło grono jej wielbicieli, którzy zafascynowani talentem wielkiej gwiazdy, dawali kolejne dowody swego zauroczenia.

Pierwsze miejsce zajmowała *Official website of Gloria Grey*. Ania bez zastanowienia kliknęła enter. Na ekranie komputera wyświetlił się komunikat, że szukany adres nie istnieje lub witryna jest w przebudowie. Rozczarowana szukała dalej. Szybko minęła strony reklamujące herbatę Earl Gray oraz adresy internetowych sklepów, gdzie sprzedawano odświeżone filmy z Glorią na płytach DVD. Wreszcie pojawiły się niezliczone strony autorstwa wiernych fanów.

Zawsze podziwiała to pospolite ruszenie poszukiwaczy prawdy, bo przecież ile trzeba pasji i cierpliwości, żeby ze stosów pożółkłych gazet wydobyć słowa, których już nikt nie pamięta, gesty, które stały się puste, czy przebrzmiałe dramaty. Jednak legenda nie umiera nigdy, a Gloria była legendą, w dodatku żywą i mieszkającą pół godziny drogi od jej domu.

– *Gloria Grey. Sam na sam z gwiazdą* – wyszeptała w ciemnościach nazwę strony, jednocześnie otwierając witrynę.

Na stronie głównej powoli zaczęły się ładować fotosy aktorki. Anię uderzyło, że na każdym z nich Gloria była inna. Raz niewinna pensjonarka w marynarskim mundurku wspinająca się na palcach. Innym razem mroczna diwa ukryta w teatralnej garderobie pełnej herbacianych róż.

„Ciekawe, czy można teraz gdzieś dostać takie róże?" – pomyślała, już planując wizytę w niedostępnej twierdzy Glorii Grey.

Kliknęła w jedno ze zdjęć. Po chwili otworzył się stary wywiad przeprowadzony z artystką przez dwójkę dziennikarzy z branżowego pisma hollywoodzkiego „Variety".

– *Czym jest dla pani aktorstwo?* – pytanie to zwróciło uwagę Ani.

– *To sztuka zapominania o osobistej klęsce, która prędzej czy później staje się udziałem każdego z nas* – odpowiadała Gloria. – *Aktorstwo to dla mnie szansa przekroczenia samej siebie. Dzięki tym wszystkim wspaniałym bohaterom, w których życie mogłam się wcielić, doznałam szczęścia i upojenia, co nie było mi dane w realnym życiu. Dzięki nim mogłam być odważna i dzielna, a prawda jest taka, że boję się nawet własnego cienia...*

Jeden z autorów wywiadu dodał, że w tym momencie Gloria zaśmiała się histerycznie, a jej ulubiony lampart poruszający się na długim łańcuchu zerwał się nagle z miejsca i przebiegł przez zbudowane w mauretańskim stylu patio.

Ania nigdy nie grała w filmie ani tym bardziej na scenie, jeżeli nie liczyć śmiesznego epizodu w szkolnym teatrzyku, gdzie obsadzona została w roli klauna. Nie dość, że musiała odtwarzać rolę męską, to jeszcze wszyscy się z niej śmiali. Do dzisiaj pamiętała uwierającą ją maskę z chropowatej tektury, która w żaden sposób nie chciała dopasować się do twarzy. Gdy przedstawienie się skończyło, nie wyszła nawet do braw. Zdarła znienawidzoną maskę i przyrzekła sobie, że nie wystąpi już nigdy więcej.

Ukryła twarz w dłoniach i przymknęła oczy. Przez chwilę zdawało jej się, że widzi Glorię patrzącą na nią z melancholijnym uśmiechem, a potem poczuła zapach tekturowej maski.

„Czyżby kolejne wcielenia Glorii Grey rodziły się z potrzeby ukrycia się przed światem? Zamknięcia się w innej osobie, w bezpiecznej roli, gdzie mogła zachować właściwy wobec siebie dystans? Jak to możliwe, że to, co dla niej samej było skazaniem na obcość i fałsz, dla gwiazdy stawało się szansą na doznanie pełni istnienia?" – zadawała sobie w myślach pytania.

Usłyszała jakiś dźwięk i spojrzała na ekran. Zielony krasnal łapczywie objadał się parówkami, reklamując najnowszy produkt zakładów w Głąbowie. Przez chwilę goniła myszką niechciany spam, aż wreszcie udało jej się trafić w krzyżyk i krasnal zniknął.

Przerzucała na nowo strony. Znalazła witrynę polecaną przez jej twórcę jako największy zbiór nieznanych zdjęć wielkich gwiazd Hollywoodu. Była tam fotografia, która obudziła w niej wspomnienie z czasów dorastania. Marzyła o pikniku, odkąd jako nastolatka zobaczyła w jednym z albumów reprodukcję obrazu *Śniadanie na trawie* Edouarda Maneta. Obraz fascynował ją i niepokoił, ale zapamiętała uchwycony w nim podszyty zmysłowością nastrój.

Wpatrywała się teraz w czarno-białe zdjęcie przedstawiające siedzących na trawie młodych ludzi. Rozpoznała wśród nich Glorię. Wszystko budziło zachwyt Ani: letnie suknie kobiet i kapelusze, białe koszule mężczyzn i ich kamizelki. W cieniu drzew krył się wiklinowy kosz, a rozpostarty na ziemi obrus zdradzał, że złapana przez obiektyw fotografa scena jest uwiecznieniem chwili śniadania dobrych przyjaciół.

Przejrzała jeszcze kilka zdjęć, ale nie dostrzegła już nic ciekawego.

Weszła teraz na forum filmowego portalu, gdzie toczyła się zażarta dyskusja o polskich korzeniach Glorii. Jeden z internautów twierdził, że jego dziadek znał aktorkę w dzieciństwie i do dzisiaj ma zachowane listy. Gloria skarży się w nich na pazerność i bezwzględność producentów z Fabryki Snów. Inny rozmówca podważał oficjalną datę urodzin aktorki, twierdząc, że widział metrykę, według której Gloria Anna urodziła się trzy lata wcześniej, a Grey to tak naprawdę fikcyjne nazwisko przyjęte na cześć ulubionego bohatera książki Oskara Wilde'a .

Odwal się od jej wieku, odwal się od jej nazwiska. Jeżeli chcesz babrać się w jej życiorysie, to odwal się od niej w ogóle. Gloria jest nieśmiertelna – ripostował dyskutant o nicku Belfegor i rozważał, kiedy wreszcie rodzinne miasteczko gwiazdy zdecyduje się postawić jej pamiątkową tablicę.

Nie przejmuj się, stary – sekundował mu Zaratustra. – *Wiadomo, Polska to taki kraj, gdzie docenią cię dopiero po śmierci. Nie ma innej opcji. A Gloria i tak jest the best.*

Dyskusja, jak zwykle, zeszła na dygresje polityczne. Forumowicz o imieniu Wujek Psujek wygarnął uczestnikom rozmowy, że nie mają pojęcia o Glorii Grey, gdyż tak naprawdę była ona agentem komunistycznego reżimu, i nawymyślał im od nieszkodliwych idiotów, a administrator zmuszony był zamknąć wątek ze względu na pojawiające się wulgaryzmy.

Ania powróciła do wyszukiwarki. Poprawiła ostrość ekranu, bo litery rozmazywały się przed zmęczonymi już oczami. Na dalekim miejscu zaindeksowana została tajemnicza fraza.

– *Mężczyźni będą za tobą szaleć, ale prawdziwa miłość pozostanie w ukryciu* – przeczytała szeptem pierwsze słowa i weszła na stronę, aby dowiedzieć się reszty.

Były to słowa Cyganki, którą Gloria na początku swojej kariery spotkała na Bulwarze Zachodzącego Słońca. Starannie wykaligrafowana wróżba widniała na tle rozłożonej talii tarota. Poza tym strona nie miała już wiele wspólnego z aktorką, za to okazała się być prywatną witryną internetowej wróżbiarki przepowiadającej przyszłość ze słynnej talii.

Oprócz krótkiej historii tarota znajdowały się tam opis poszczególnych kart oraz księga gości z entuzjastycznymi wpisami o trafności przepowiedni. W lewym dolnym rogu migał znak zapytania z napisem: *Kliknij, a poznasz swoją przyszłość.*

Ania trzymała już kursor na wybranym polu, ale zawahała się jeszcze przez chwilę. Pokusa okazała się jednak silniejsza.

„To tylko zabawa" – pomyślała i bez namysłu uderzyła w klawisz.

Na ekranie rozsypała się talia kart o egzotycznie brzmiących nazwach. Powieszony Człowiek, Koło Fortuny, Kochankowie, Sprawiedliwość – obrazy przepływały jej przed oczami, jakby los nie mógł zdecydować, który z nich dedykowany jest Ani.

Wreszcie na monitorze pojawiła się jedna karta: Wieża. Stojąca nad urwiskiem kamienna cytadela rozpadała się w gruzy, a schematycznie naszkicowany piorun rozdzierał zachmurzone niebo. Pod kartą widniała zagadkowa sentencja: *Wybrałeś*

Wieżę. Symbolizuje ona osobowość, która, jeżeli chcesz podróżować dalej, musi rozpaść się pod naporem niespodziewanych okoliczności.

Zmęczona Ania dopiła resztę wina, które zostało w kieliszku. Odczuwała senność, a zagubione myśli krążyły swobodnie wokół wyświetlających się w pamięci obrazów. Była już bardzo zmęczona. Uśmiech Glorii, zdjęcie lamparta w złotej obroży, projekt pamiątkowej tablicy na cześć gwiazdy, waląca się wieża. Wszystko to wirowało jej przed oczami jak rozsypane puzzle tajemniczej układanki, której wzór pozostawał nieznany.

„Dzień jest mądrzejszy od nocy" – pomyślała i zdecydowanym ruchem zatrzasnęła laptopa.

9

Wiszące na ścianach maski patrzyły na nielicznych gości, którzy mimo późnej pory zdecydowali się tu zjeść kolację lub po prostu wypić drinka. Pochodziły z różnych zakątków świata i były wyraźnym dowodem tego, że potrzeba posiadania drugiej twarzy nie zna granic.

– Lubię tę knajpę, Wiktor. W sam raz, aby uczcić twój sukces – powiedziała niskim głosem. – Pasujesz tutaj, jesteś tak samo intrygujący jak one. – Machnęła ręką w kierunku ściany, nie spuszczając z niego wzroku.

– Gra pozorów? – zapytał Wiktor. – To cię kręci?

Siedzieli przy stoliku w samym kącie sali, nakładając na talerze sałatkę z owoców morza.

– Kręcą mnie te stworzonka. – Zuza nadziała na widelec krewetkę. – Wiesz, że są bardzo dobre na potencję?

– To chyba nie będę ich jadł. – Wiktor zdecydowanym ruchem odsunął od siebie talerz. – Mógłbym stać się niebezpieczny!

Zuzanna roześmiała się gardłowo i podsunęła mu z powrotem porcję frutti di mare.

– I tak jesteś niebezpieczny. To właśnie w tobie lubię. Przed tobą piękna kariera, szkoda by było, gdybyś utknął w tym grajdołku... – Demonstracyjnie założyła nogę na nogę, eksponując ich długość.

– Czyżby pani prezes po godzinach zamieniała się we wróżkę? – zapytał prowokacyjnie Wiktor. – Może dowiem się czegoś więcej...

– Wszystko w swoim czasie – odpowiedziała tajemniczo i wzięła w dłoń kieliszek szampana. – Wznieśmy toast. – Za przyszłość! Tylko ona należy do nas... – dodała.

Dźwięk uderzonego szkła zwrócił uwagę kelnera, który bacznie obserwował parę. Rzadko kto zamawiał Dom Perignon. Spodziewał się, że będzie mógł liczyć na duży napiwek.

– Lubię bąbelki, ale łatwo uderzają do głowy. – Zuzanna odstawiła kieliszek i uśmiechnęła się dwuznacznie.

– Mam nadzieję, że mnie to nie grozi – odpowiedział Wiktor, zerkając na butelkę. – Doskonały, ale chyba kosztuje majątek.

– Voyeur Media lubi rozpieszczać swoich pracowników – zaśmiała się pani prezes – zwłaszcza jeśli jest to inwestycja opłacalna. A ty do takich należysz... miałam sygnały, że *Blaski i Cienie* zwróciły uwagę wielkiego brata...

– Taaak? – Wiktor nawet nie próbował ukryć zainteresowania.

– Ktoś ważny z centrali był na wernisażu – odpowiedziała z ociąganiem Zuzanna. – Tak bardzo byłeś zajęty swoją panienką, że nawet go nie zauważyłeś...

– No wiesz, Ania czuje się na takich imprezach nieswojo – usprawiedliwiał się Wiktor. – Nie mogłem jej zostawić samej, a jeszcze ten niechętny stosunek Barona. Nie wiem, dlaczego ją tak gnębi?

– Znam go nie od dziś – rozłożyła ręce Zuza. – Boguś ma metodę głębokiej wody. Co cię nie zabije, to cię wzmocni... metoda być może brutalna, ale się sprawdza.

– Mógłby tę metodę stosować wobec innych. – Wiktor wzburzył się przez chwilę. – Dlaczego akurat na mojej dziewczynie?

– A czy ty nie za bardzo jej matkujesz? – zapytała oschłym tonem pani prezes. – Nie jest dobrze, kiedy miesza się sprawy zawodowe z tajemnicami alkowy – dodała lekceważąco. – No wiesz, miałam na myśli, że to tylko może ci zaszkodzić... – uśmiechnęła się lekko.

Wiktor znał te gierki nie od wczoraj. Zarówno Zuza, jak i Baron nie lubili Ani. Nie pasowała im jej uczciwość, denerwowała pryncypialność. Za każdym razem, kiedy obrywała w „Podglądzie", musiał ograć to jakimś dowcipem, załagodzić, a potem jeszcze dziewczynę pocieszyć. Rola rycerza rzucającego wszystko na szalę honoru ukochanej nie bardzo mu odpowiadała. Na szczęście zresztą Ania wcale tego nie oczekiwała. Musiał więc kluczyć pomiędzy niechęcią Zuzanny a żywiołową agresją Barona, tak aby wilk był syty i owca cała.

– Ania jest jak dobre wino. – Sięgnął po szampana. – Z czasem staje się coraz lepsza, trzeba jej dać tylko szansę...

– Im wyżej, tym mniej miejsca... – powiedziała sentencjonalnie Zuza. – Z szansą jest tak, że nie jest dana każdemu. – Przyglądała mu się teraz z uwagą. – Ty ją dostałeś. Nie wiem, czy to dobry moment na bawienie się w sentymenty... Przed tobą Peryskop, weź się raczej do roboty, z tą nagrodą wypłyniesz na głębokie wody...

– Rozkaz, admirale! – zasalutował Wiktor. – Gotowi do wypłynięcia w morze – zameldował, stukając obcasami.

Zuzanna wybuchnęła śmiechem.

– To w tobie kocham, marynarzu. – Wyciągnęła w jego stronę kieliszek. – Za dalekie rejsy!

– Ahoj! – zgodnie wznieśli toast.

– Masz już coś na oku? – Zuza nie zamierzała porzucać tematu. – Dobrze by było, gdybym wiedziała.

Dostałam dzisiaj pismo, że jestem w kapitule nagrody, mały głos, ale jakże ważny dla ludzkości – dodała z przewrotnym uśmiechem.

– Mam pewien pomysł. – Wiktor zawahał się przez chwilę. – Zresztą, nie ma co zapeszać, jeśli wyjdzie, gwarantuję ci, że będzie to jesienny hit.

Zuzanna uśmiechnęła się szeroko.

– Co do tego nie mam wątpliwości – przytaknęła ochoczo. – Trzymam kciuki, a gdybyś potrzebował pomocy... na przyjaciół zawsze możesz liczyć. Znamy się przecież nie od wczoraj...

– Dzięki, Zuza – spojrzał na nią z wdzięcznością.

Atmosfera gęstniała, a po wypitej butelce rozmowa stawała się coraz bardziej osobista. Rozluźniona szampanem Zuzanna wpatrywała się teraz w Wiktora, starając się nie uronić ani słowa z wygłaszanych przez niego kwestii.

– Ile to już lat? Trzy? Cztery?... razem ganialiśmy za tym grubym Bolkiem? Pamiętasz, jak zgubiłaś mikrofon? Musieliśmy nagrywać go naparstkiem założonym na długopis! – parsknął śmiechem Wiktor.

Zuzanna pokiwała z rozbawieniem głową.

– Do dzisiaj nie wiem, czy się zorientował – przypomniała Zuza, która była wówczas ambitną reporterką. – A może tak bardzo zależało mu na wywiadzie, że podjął naszą grę i udawał, iż tego nie widzi...

Wieczór rozkręcał się w najlepsze, kiedy ktoś zapalił lampę i ukazała się gablota schowana wcześniej w cieniu, gdzie pod szkłem kryła się jedna z teatralnych masek kolekcji właścicieli klubu.

– Znowu to samo – sapnął mężczyzna, spoglądając uważnie na osmolone szkło żarówki. – Cholery przepalają się prawie codziennie, będę musiał sprawdzić instalację. – Wrzucił do torby zepsutą, rozglądając się, czy gdzieś jeszcze nie powinien jakiejś wymienić.

Stojący obok kelner pokiwał ze zrozumieniem głową. Kątem oka zauważył jakiś ruch i widząc uniesioną rękę Wiktora, ruszył szybkim krokiem w stronę stolika.

– Słucham, proszę pana – stanął w oczekiwaniu na zamówienie. – Czym mogę służyć?

– Dwa koniaki, proszę – złożył zamówienie Wiktor. – Lampka na dobranoc nie zaszkodzi? – upewnił się, patrząc na Zuzannę.

Skinęła głową, spoglądając w stronę gabloty. Odsunęła krzesło i wstała, aby podejść bliżej.

– Chodź. – Zachęciła go gestem. – Ostatnio, jak tu byłam, światło nie działało. To moja ulubiona. – Pochyliła się nad szkłem.

Zza szyby spoglądała na nich biała maska przystrojona kolorowymi piórami. Subtelny rysunek ust i starannie wyrzeźbiony profil zdradzały rękę dobrego artysty.

– Dlaczego trzymają ją w gablocie? – zapytał z zainteresowaniem Wiktor.

– Bo jest bardzo cenna. – Zuzanna spojrzała na niego spod oka. – Przyjechała z daleka. Lubisz podróże? – zapytała znienacka.

– Niewiele podróżowałem – zdradził. – Za to ty zwiedziłaś połowę świata. Chodź, jest już nasz koniak. Koniecznie musisz mi opowiedzieć o swoich wojażach.

– Z przyjemnością – rzuciła od niechcenia. – Ale umówmy się, Wiktor, że samo słuchanie to żadna przyjemność. Lepiej przeżywać wszystko w realu. Planuję pewną podróż.

Usiedli przy stoliku, sięgając zgodnym ruchem po lampki z koniakiem. Spojrzeli na siebie i wybuchnęli jednocześnie śmiechem.

Wiktor ze zdumieniem odkrył, że świetnie się czuje w towarzystwie Zuzanny. Pochylił się w jej stronę i z uwagą zaczął wsłuchiwać się w pierwsze słowa.

– Londyn... – w głosie Zuzy pojawiły się nutki rozmarzenia. – Nie znam piękniejszego miasta. Tam wszystko dzieje się szybciej, jeśli wiesz, co mam na myśli. – Strąciła łyżeczkę od kawy i pochyliła się, aby ją podnieść.

Wiktor nie zdążył zareagować, ale zarejestrował głęboki dekolt i przyłapał się na tym, że wcale nie ma ochoty zbyt szybko odwracać od niego wzroku.

Gdy mu się to wreszcie udało, Zuzanna siedziała naprzeciwko, przyglądając mu się z pełnym zadowolenia uśmiechem.

– Zapowiada się długa noc – mruknął pod nosem kelner, zerkając na ostatnich gości, którzy zachowywali się tak, jakby wieczór dopiero się zaczynał.

– Siedź cicho i podawaj tylko Gaston de Casteljac – szepnął do niego barman. – Tacy, co piją na koszt firmy, są najlepsi. W ogóle nie patrzą na rachunek.

10

Światło poranka wsączało się przez szparę w zasłonach. Wiktor poruszał się jak duch, zerkając na śpiącą Anię. Na stole leżały nietknięte talerze i ułożone równo sztućce. Butelka po winie i odstawiony na komodę kieliszek dopełniały smutnego krajobrazu po spędzonym w samotności wieczorze. Zerknął w lustro i zobaczył swoją twarz, na której malowało się poczucie winy. Machinalnie przygładził niesforne włosy, przypominając sobie nocny spacer z Zuzą. Doszli aż do parku sąsiadującego z jej domem. Zbierali tam kasztany i długo rozmawiali, odkrywając, że na wiele spraw mają podobne poglądy. Czuł jeszcze na sobie jej spojrzenie, kiedy zawahała się przy pożegnaniu, i do tej pory nie był pewien, co tak naprawdę chciała zrobić.

Przy łóżku leżały rozsypane kartki pokryte notatkami z dziesiątkami rysunków na marginesach. Najwyraźniej długo musiała pracować. Nie mogła odzwyczaić się od pisania piórem rzeczy naprawdę dla niej ważnych. Uśmiechnął się na wspomnienie rozmów z okresu, gdy dopiero się poznali. Opowiadała wtedy, że choć korzysta na co dzień z komputera, uważa, że zjada on jej myśli. Wolała więc notować te najważniejsze na kartkach. Podniósł jedną z nich i zerknął na rysunek sfinksa. Obok zapisany był czyjś mailowy adres, a nad wszystkim unosił się znak zapytania. Wzdrygnął się i wypuścił kartkę z rąk.

Podszedł do telewizora, aby wyłączyć drgający na ekranie obraz. Zawahał się i skupił wzrok na wyświetlonym menu.

– *Femme fatale* – przeczytał półgłosem tytuł i zapatrzył się w monitor, rozpoznając znajomą twarz Glorii Grey.

Menu pozwalało wybrać poszczególne sceny, a dodatkowym bonusem były fragmenty, które nie weszły do oficjalnej wersji filmu. Ania mówiła mu, że niektóre z nich są znacznie lepsze.

Wyłączył na wszelki wypadek głos i wybrał jeden z fragmentów. Na ekranie pojawiła się zasłona, na której widoczny był cień kobiety palącej wolno długiego papierosa. Przez chwilę obserwował płynny ruch lekkiego materiału, oczekując w napięciu zmiany kadru. I wtedy pojawił się mężczyzna w nasuniętym na oczy kapeluszu. Szedł w jej stronę, potykając się o stojące mu na drodze meble, żeby w kulminacyjnym momencie zedrzeć kołyszący się materiał. Kobieta zaczęła się śmiać. Chwycił ją za ramię i odwrócił gwałtownie w swoją stronę. Wiktor ujrzał w pełnym kadrze bladą twarz o ustach wygiętych w sardonicznym uśmiechu.W tym momencie fragment urywał się i znów miał przed sobą wielką gwiazdę. Wyłączył telewizor.

– Która godzina? – usłyszał zaspany głos Ani.

– Śpij, śpij jeszcze wcześnie – wyszeptał, głaszcząc ją po włosach.

Odsunęła jego rękę i przewróciła się na drugi bok, przytulając zwiniętą w wałek poduszkę. Najwyraźniej nawet we śnie była na niego obrażona. Wiktor potarł nieogolony podbródek i przez chwilę stał bezradnie nad łóżkiem, zastanawiając się, jaką wybrać strategię. Zawsze znajdował jakiś sposób, aby ją udobruchać. Przypomniał sobie o ukrytych na dnie kieszeni kasztanach. Pomysł przyszedł sam. Uśmiechał się zadowolony, wyjmując kilka sztuk i pudełko zapałek z napisem *Maskarada*. Rozejrzał się w poszukiwaniu jakiegoś ostrego narzędzia i zauważył leżący na stole korkociąg.

Usiadł na krześle, które niemiłosiernie zaskrzypiało, wydając przenikliwy dźwięk. Wiktor obejrzał się spłoszony, lecz Ania nawet nie drgnęła, oddychając równo przez sen. Ostrym szpikulcem wywiercił kilka dziurek i w ciągu chwili złożył małego kasztanowego ludzika. Postawił go ostrożnie obok łóżka. Jaskraworudy człowieczek połyskiwał w pokoju niczym przybysz z innej planety. Pochylał się w przepraszającym ukłonie. Wiktor przyjrzał się usatysfakcjonowany swojemu dziełu. Wiedział, jak bardzo Ania uwielbia niespodzianki.

Gdy wsunął się pod kołdrę, leżał jeszcze chwilę z szeroko otwartymi oczami. Nagle wstał, przypominając sobie o pozostawionych na stole zapałkach. Nie lubił kłopotliwych pytań, więc wrzucił pudełko do kieszeni marynarki.

Wpatrywał się teraz w sufit, obserwując wędrujące w górze cienie. Po chwili poddał się przypadkowym obrazom i zasnął.

– Wiktor obudź się, obudź! – Ania potrząsała jego ramieniem, a jej zaróżowiona twarz zdradzała wielkie podniecenie.

Otworzył jedno oko i spojrzał na nią nieprzytomnie.

– Napisała do mnie, napisała! – Podskakiwała niecierpliwie z radości. – Będziemy mieć ten wywiad. Dzisiaj w nocy znalazłam do niej maila na jednej z fanowskich stron i, wyobraź sobie, odważyłam się – mówiła, pochylając się teraz nad nim tak, że poczuł na twarzy dotyk jej włosów. – Napisałam list, taki osobisty, od serca. Byłam pewna, że go nigdy nie przeczyta. A tu taka niespodzianka!

– Ślicznie wyglądasz – mruknął, przygarniając ją do siebie. – Jesteś ładniejsza od Glorii i od wszystkich dziewczyn razem wziętych. – Spojrzał na nią z zachwytem.

– Żałuj, że nie widziałeś mnie wczoraj... – nadąsała się, przypominając sobie, że nie przyszedł na kolację.

– Nie gniewaj się, kochanie, wiesz, jak to jest. – Wiktor przysunął się bliżej, chwytając brzeg ręcznika. – Nadrobimy to dzisiaj, obiecuję. Był tu taki mały facecik, nie widziałaś go przypadkiem?

– Widziałam pewnego intruza, owszem, ale wydawał mi się jakiś nieszczery – odpowiedziała z przekornym uśmiechem. – Dużo gadał, ale nie był w stanie rozwiać moich wątpliwości.

– Co z niego za posłaniec! Poszukajmy go razem, może ukrył się pod ręcznikiem – mruknął, łapiąc ją za ręce. – Zaraz, zaraz gdzie on może być...? – Przesuwał delikatnie dłońmi po jej ciele. – Tu go nie ma, tu też...A tu?... – Połaskotał ją w piętę.

– Wiktor, przestań – pisnęła, wyrywając się bez przekonania. – Spalę grzanki! – Pobiegła do kuchni, skąd dochodził zapach spalenizny.

– Wiktor, katastrofa! Otwieram okno – rozległ się jej głos. – Muszę opanować sytuację.

Zaklął cicho pod nosem i wstał zrezygnowany, ruszając w stronę łazienki.

Ania nuciła coś pod nosem, przygotowując w ekspresie ich ulubioną mieszankę. Rano, gdy tylko postawiła gołą stopę na podłodze, trafiła na coś twardego. Kasztanowy ludzik sprawił, że tak naprawdę nie mogła się już na Wiktora gniewać. Zawsze znajdował jakiś sposób, aby ją przebłagać. Postawiła ludzika na parapecie i zrobiła drugiego, który był nieco mniejszy. Dwa ludziki. On i ona. Ciekawa była, kiedy je zauważy.

Wiktor od dłuższej chwili przyglądał się Ani. Ubrana w jego koszulę i niebieskie dżinsy wyglądała jak licealistka. Niedbale spięty koński ogon, twarz bez makijażu, ściągnięte w zamyśleniu brwi. Spojrzała na niego nieprzytomnym wzrokiem. Uśmiechnęła się nagle i rzuciła wesoło:

– Śniadanko! Kawa już jest. Co wybierasz? Spalone grzanki czy wczorajszą lazanię? – spytała prowokacyjnie.

– Ciebie – powiedział zdecydowanie.

– Nie mamy już w karcie dań. Proszę przyjść jutro – powiedziała służbowym tonem, stawiając przed nim filiżankę.

– Opowiedz mi o tym wywiadzie – zaproponował. – Jak go sobie wyobrażasz?

– Poprosiła mnie w mailu o podanie tematów, które chciałabym poruszyć w rozmowie, tak aby mogła się przygotować. Podała mi też prywatny adres. – Uśmiechnęła się i postawiła na stole cukiernicę. – I obiecała, że niedługo się umówimy.

– No, no – Wiktor pokręcił z podziwem głową. – Ja tu muszę biegać po nocach, zaglądać w podejrzane miejsca, flaki sobie wypruwać, aby zdobyć materiał, a moja dziewczyna, nie ruszając się z domu, załatwia wywiad roku. – Wstał z krzesła i zaczął się do niej zbliżać z groźną miną.

– Przestań! – zaśmiała się, uciekając przed nim w popłochu. – To nie moja wina!

– Niestety. Będziesz musiała ponieść karę – oznajmił ze śmiertelnie poważną miną. – Oddaj koszulę – rzucił znienacka.

– A dlaczego? – zdziwiła się szczerze Ania. – To moja koszula, nie oddam ci jej.

Krążyła wokół stołu, przyglądając mu się czujnie.

– Raczej fant – poinformował ją suchym tonem, powstrzymując śmiech. – Pierwszy fant za to, że ci się tak łatwo udało.

– Jesteś niesprawiedliwy – poskarżyła się, rozpinając powoli guziki. – I tak przegrasz – oznajmiła z triumfem, spoglądając na jego spodnie. – Ja mam jeszcze koraliki, a ty pewnie nie włożyłeś bielizny – dodała z domyślnym uśmiechem.

– Zostało mi w kieszeni jeszcze kilka kasztanów – rzucił chytrze. – To też są fanty. – Skoczył przed siebie i jednym ruchem zdjął z niej koszulę. – Moja! – zawołał, wywijając nią nad głową. – A teraz zagadka.

Ani zaświeciły się oczy. Uwielbiała zagadki, a poza tym wiedziała, że jest w tym od niego lepsza.

Nagle zadzwonił telefon. Wiktor wypadł z roli i jedną ręką sięgnął po omacku za siebie, szukając gorączkowo źródła dźwięku. Nie odbierał dłuższą chwilę, nie mogąc znaleźć aparatu.

– Witaj, Wiktor – usłyszał w słuchawce głos Zuzy.

– Co tak długo?

– Witam panią prezes. – Spojrzał wymownie na Anię, udając, że przejeżdża nożem po gardle.

– Zajrzyj do mnie, jak będziesz w redakcji. Chciałabym, abyś kogoś poznał – zakomunikowała. – Mój gość przyjechał prosto z Londynu – mówiła z wyraźnym ożywieniem. – To co, Wiktor, za ile będziesz?

– Za niecałą godzinę – odpowiedział niechętnie.

– Przyjdę prosto do gabinetu... – Uśmiechnął się kwaśno i wyłączył komórkę. – Chodź, kochanie, wypijmy razem tę kawę, bo za chwilę dopadnie nas świat – mruknął z żalem, zerkając w wiszące w kuchni lustro. Poprawił machinalnie włosy.

– Czego ona od ciebie chce? – zbuntowała się nagle Ania. – Pani prezes to, pani prezes tamto. Wszędzie jej pełno.

– Musi pokazać brytyjskim szefom naszą redakcję. – Wiktor rozłożył bezradnie ręce.

– To ciebie też musi pokazywać? – spytała z przekąsem. – Może jeszcze wystawi cię w gablocie?

– Anka, przestań – zdenerwował się Wiktor. – Chce pokazać redakcję od jak najlepszej strony.

– Ach tak, rozumiem – odpowiedziała z ironią.

– To rzeczywiście musisz tam być jak najszybciej.

Spojrzał na nią z ukosa i wzruszył ramionami.

– To wcale nie jest śmieszne – nachmurzył się, sięgając po kurtkę. – Kawę wypiję w redakcji.

Trzaśnięcie drzwi odezwało się echem w jej głowie. Ania potarła skronie, czując nadciągający nieuchronnie ból.

„Tego mi tylko brakowało" – zmartwiła się, sięgając po apteczkę.

Jesienne słońce wędrowało po pokoju, wydobywając z cienia stylowe meble. Stary pełen bibelotów sekretarzyk po babci, czerwoną kanapę na wygiętych nóżkach, owalne lustro zawieszone nad komodą, otwartą dębową szafę, w której kryło się wiele od dawna nienoszonych ubrań.

Ania pomyślała, że niepotrzebnie się tak uniosła. Miała wolny dzień i nie zamierzała się tym dłużej przejmować. Przyrzekła Magdzie, że po południu przyjdzie na happening i postanowiła do tego czasu zająć się pisaniem. Otworzyła szeroko okno, wpuszczając rześkie powietrze. Położyła się na kanapie i sięgnęła po notatnik.

Gwałtowny podmuch wiatru pchnął skrzydło, strącając z parapetu kasztanowego ludzika.

11

Niedbale przyklejony na słupie ogłoszeniowym papier łopotał na wietrze. Jaskrawy napis w kolorze czerwonym przykuwał uwagę przechodniów, którzy zatrzymywali się, aby popatrzeć na krzywe litery zapraszające do udziału w happeningu. Ania uśmiechnęła się pod nosem, zerkając na wpatrującą się w informację sędziwą parę.

– Ciekawe, skąd wezmą te bociany? Dawno ich nie widziałam, Edwardzie, może się tam przejdziemy? – proponowała starsza pani.

– Czemu nie, aż nie chce się wierzyć... – kiwnął głową staruszek i biorąc żonę pod rękę, ruszył dziarsko w stronę Starego Miasta.

Odlot bocianów. Plac Zamkowy pod Kolumną Zygmunta. Pożegnaj je razem z nami! – głosił plakat sygnowany inicjałami K.A. Ania od razu rozpoznała znajome logo Kolorowej Alternatywy, której centrum dowodzenia mieściło się w studiu Banialongo, praskiej pracowni Magdy. Na dole zamieszczone były informacje o czasie i miejscu wydarzenia oraz wdzięczny rysunek odlatujących bocianów.

„Pewnie znowu jakaś zadyma – pomyślała. – Rok temu ze swoimi alternatywnymi towarzyszami zamalowywała bilbordy z seksistowskimi reklamami, teraz przyszła moda na ekologię. Żegnać bociany, czemu nie?". – Wzruszyła ramionami i przyspieszyła kroku, żeby zdążyć przed odlotem sympatycznych ptaków.

Po drugiej stronie ulicy, w tym samym kierunku, przemykało kilku chłopaków z białymi manekinami pod pachą.

„Czyżby moda na kolekcjonowanie manekinów była zaraźliwa?" – zdziwiła się, a idąca naprzeciwko dziewczyna pomachała do niej, jakby wyczuła, że należą do tego samego spisku, któremu na imię Banialongo.

Pod Kolumną Zygmunta zebrała się już spora grupka młodzieży. Jaskrawe słońce oświetlało ustawione w szeregu manekiny, przy których uwijali się znajomi Magdy. Rozpoznawała niektórych z nich ze spotkań w pracowni. Był tam chudy jak szczapa chłopak z tęczowym irokezem. *Gdzie diabeł nie może, tam Dudiego pośle* – śmiała się często Magda. Stała tam także Valerie, pół Polka, pół Francuzka, ulubiona modelka Magdy, która mimo nalegań ze strony rodziny nie zamierzała wracać do Lyonu.

Uwielbiała warszawskie klimaty i na nic nie zamieniłaby wschodów i zachodów słońca nad Wisłą.

Pod kolumną kręciła się też Mamma Praga. Trudno było jej nie poznać, kolorowe chusty powiewały na niej jak na rajskim ptaku. Swoje imię zawdzięczała rzymskiej prostytutce uwiecznionej w filmie *Mamma Roma* i trzeba przyznać, że jej historia niewiele różniła się od tej przedstawionej przez Passoliniego.

Ustawione na chodniku manekiny ubierane były właśnie w stroje przygotowane przez Magdę, która chodziła tam i z powrotem, zamiatając długim płaszczem jesienne liście. Jej rude włosy płonęły w słońcu jak pochodnia.

– Pospieszcie się! – komenderowała. – Odlot punktualnie o siedemnastej. Valerie, wciągaj te rajstopy, a ty, Dudi, nie zapomnij o okularkach. Wyobrażasz sobie Bociana bez okularów?

Przerwał jej wybuch śmiechu i dopiero teraz Ania rozpoznała charakterystyczny wygląd manekina. Wypisz wymaluj Adrian Klekot.

– O, jesteś, Anka! – ucieszyła się Magda. – No i jak ci się podoba? – Zatoczyła dłonią krąg i rzuciła jej triumfalny uśmiech.

– Witam królową! – zawołała przyjaciółka. – Ale odlot! Trudno byłoby nie rozpoznać Klekota. – Mam nadzieję, że wysłałaś mu zaproszenie? – rzuciła prowokacyjnie.

– Witaj, dziecinko – usłyszała ochrypły głos Mammy Pragi, która wyszła zza kolumny, dźwigając metalową butlę zakończoną dwoma zaworami i jakimś zegarem. – Nabijać? – zapytała, opierając o kamienne płyty ciężką butlę.

Przeciągły gwizd Dudiego zelektryzował zebranych.

– Nabijamy! – ryknął, a rząd chętnych z kolorowymi balonikami ustawiał się już w kolejce do Mammy Pragi.

Magda chwyciła pod pachy swojego manekina. Przyjrzała się jeszcze z bliska niewielkim oczom namalowanym grubą kreską i okrągłym okularkom. Długi biały frak z czarnymi połami zapięty na jeden guzik targał silny wiatr. Patykowate nogi w czerwonych rajstopach zwisały bezwładnie, wlokąc się po ziemi.

– Lepiej nie będzie – mruknęła pod nosem, nie do końca zadowolona ze swojego dzieła.

Stojący w pobliżu strażnicy rozmawiali półgłosem, wpatrując się w zebraną pod pomnikiem kilkudziesięcioosobową grupkę młodzieży.

– Na cholerę im te pajace? – wyższy ze strażników sięgnął po krótkofalówkę. – Zapytam centralę, czy mają zezwolenie?

– Nie czytałeś? – zdziwił się drugi strażnik. – Dzieciaki żegnają bociany.

– Coś te ptaszyska do niczego niepodobne... – zastanawiał się pierwszy.

– *Bonjour, monsieurs* – Valerie przerwała im naradę. – Zapraszamy do nas – dodała ze swoim charakterystycznym akcentem.

– Jesteśmy na służbie, proszę pani – odpowiedział grzecznie wyższy z nich. – Stąd sobie popatrzymy.

Z daleka dobiegły ich wesołe okrzyki zbierających się gapiów. Przechodnie przystawali, obserwując rosnący pęk balonów. Jedno z dzieci wyciągnęło nieśmiało rączkę i zostało nagrodzone wielkim czerwonym dmuchanym sercem.

Ania trąciła Magdę w ramię, chcąc skupić na sobie jej uwagę.

– Ciekawe, jak go zmusisz do odlotu? – złapała za rękę manekin.

– Sama zobaczysz – odpowiedziała tajemniczo, sięgając po kolejny balon, który w ciągu chwili stał się ogromny.

Magda spojrzała chytrze na przyjaciółkę. Kątem oka zarejestrowała dyskutujących z Valerie strażników. Nikt tak jak ona nie potrafił skupić na sobie męskiej uwagi. Była najlepsza na wybiegu i znakomicie sprawdzała się też podczas ulicznych akcji. Strażnicy śmiali się głośno rozbawieni jakimś żartem. Gdyby chciała teraz pożyczyć od nich radio i zadzwonić do Lyonu, z całą pewnością zgodziliby się, okazując słowiańską gościnność turystce znad Sekwany.

Mamma Praga nie mogła nadążyć z napełnianiem kolorowych balonów.

– Spokojnie, gazu wystarczy dla wszystkich... – uspokajała chętnych.

Starsza para, która zawędrowała tu spod uniwersytetu, przyglądała się z podziwem rosnącej liczbie balonów. Niektóre wyrywały się na wolność, unosząc za sobą puszczone przez nieuwagę sznureczki.

– Ostatni raz taki pokaz widziałam na Olimpiadzie Młodzieży – mówiła kobieta, obserwując wznoszące się kule. – Kiedy to było?... – zastanawiała się wyraźnie wzruszona.

Balony podrygiwały niecierpliwie na wietrze, trzymane mocno przez Dudiego, który rozdawał je członkom Kolorowej Alternatywy. Przywiązywali je do rąk i nóg swoich manekinów.

Magda pieczołowicie wiązała supełki, nie chcąc, aby jej bocian wylądował gdzieś na dachach kamienic. W końcu był liderem, bo nikt tak jak Adrian Klekot nie rozumiał tajemnicy narodzin. Zaśmiała się radośnie, czując, że Klekot wyrywa jej się z rąk.

Wianuszki balonów otaczały czerwononogą kukłę, która rwała się już do lotu. Pozostałe manekiny, wierni partyjni towarzysze Bociana, niecierpliwie podrygiwały na sznurkach. W końcu bociany odlatują stadami, jak mówiła autorka projektu.

– No to fru! – krzyknęła Magda i w tym momencie kukły w czarno-białych frakach oderwały się od ziemi.

Pod kolumną zerwała się burza oklasków, a gwizdy i krzyki zgromadzonych tam gapiów żegnały odlatujące bociany. Dopiero teraz rozpoznali charakterystyczne fizjonomie polityków. Głośno wykrzykiwali ich nazwiska, pokazując sobie nawzajem frunące kukły i śmiejąc się z nich do rozpuku.

– Żegnajcie... będzie nam was brakowało... – nostalgicznie zauważył Dudi, wypuszczając ostatnią kukłę.

– *Bociany na czarny ląd, spierdalajcie stąd...* – skandował ubrany w dresik przypadkowy młodzieniec, który nagle zrozumiał sens dziejących się wydarzeń i zapragnął zamanifestować swoje poparcie dla Kolorowej Alternatywy.

– Robi się gorąco, wzywaj posiłki. – Starszy stopniem strażnik otrząsnął się z uroku, jaki rzuciła na nich Valerie. – No na co czekasz, tumanie? Nie widzisz, że to zagrożenie dla ruchu lotniczego?

W tym momencie Klekot, który wysunął się na czoło odlatujących bocianów, niebezpiecznie zahaczył o szablę Zygmunta III Wazy.

– Do tego dochodzi dewastacja zabytków – dodał służbowym tonem drugi strażnik i niecierpliwie wzywał już centralę.

– Zawsze chciał być równy królom – dodała sentencjonalnie Magda. – Zobacz tylko, jaki ten Klekot ważny – zwróciła się do Ani.

– Dziewczyny, nadchodzą posiłki! – wrzasnęła Mamma Praga. – Zrywamy się, bo nam zarekwirują butlę.

Wiatr powiał mocniej i uwolniony Klekot pofrunął wysoko, goniąc uciekające bociany. Pod Kolumnę Zygmunta podjechał biały wóz straży miejskiej. Dudi chwycił butlę i schował ją pod połę za dużego płaszcza, a zebrany tłumek zwarł szeregi, ukrywając inicjatorów akcji.

– Ale odlot! – jęknęła z zachwytem Valerie. – Nawet w Paryżu takiego nie widziałam – dodała i biorąc pod rękę Dudiego, ruszyła w stronę rynku.

Tłum rozchodził się powoli, komentując *Odlot bocianów*.

– I co, warto było? – spytała Magda, przyglądając się z satysfakcją minie Ani.

– Jesteś kopnięta. – Ania popatrzyła z podziwem na przyjaciółkę. – Zapraszam cię na największą czekoladę na gorąco. Muszę ci o czymś opowiedzieć...

Klekot frunął nad Wisłą w stronę oświetlonego mostu. Był tylko małym punkcikiem na ciemniejącym powoli niebie.

– I odleciały... – wyszeptała starsza pani, spoglądając na puste już niebo.

12

W sunącej powoli limuzynie unosił się delikatny zapach nieznanych perfum. Mieszały się z wonią herbacianych róż trzymanych na kolanach przez Anię. Wtulała nos w delikatne płatki i powtarzała w myśli pierwsze słowa, którymi chciała rozpocząć tak długo oczekiwaną rozmowę.

Widoczny na skórzanych oparciach herb cadillaca zachwycał nieskazitelną linią żłobień. Uginające się pod ciężarem pasażerów siedzenia wyglądały tak, jakby przed chwilą wyszły spod igły mistrzów tapicerki. Ciężkie drzwi wykończone zostały szlachetnym hebanem.

Ania wyciągnęła wygodnie nogi i spojrzała ze zdumieniem na wolną przestrzeń dzielącą ją od kierowcy.

– Nie wyobrażałam sobie nigdy, że może tu być aż tak dużo miejsca – szepnęła do Wiktora, który szarpał tajemnicze oparcie znajdujące się pomiędzy pasażerami na tylnym siedzeniu.

– Nic na siłę, proszę pana – rozległ się głos Maksa, szofera i kamerdynera Glorii Grey. – Proszę zwrócić uwagę na mały przycisk, ten okrągły... – dodał, nie odwracając głowy. – Wystarczy...

– Już! – zawołał triumfalnie Wiktor.

Drewniana pokrywa odskoczyła, a oczom pasażerów ukazał się bogato zaopatrzony barek z rzędem kryształowych kieliszków do whisky.

– Jasny gwint – jęknął Wiktor – lepiej tu nic nie naciskać, bo jeszcze przez przypadek włączę prysznic...!

– Tu wszystko działa bezbłędnie – w głosie kierowcy dało się wyczuć delikatne lekceważenie. – Pani nigdy nie pozwoliłaby na to, aby wykończony na specjalne zamówienie Fleetwood Sixty Special Brougham miał jakąkolwiek wadę.

– Ależ to jeżdżące muzeum! – palnął bez zastanowienia Wiktor.

Czasem zadziwiał Anię brakiem taktu. W rzadkich chwilach jego słynny urok znikał, a on sam stawał się wtedy arogancki i nietaktowny. Popełniał gafy, o które nigdy by go nie posądzała.

– Ciesz się, że dostałeś wejściówkę – załagodziła natychmiast. – Nie każdy ma okazję odbyć przejażdżkę takim dziełem sztuki...

– Nie myślał pan, aby go wynająć do filmu? – zainteresował się Wiktor. – Można by było na tym zbić prawdziwy majątek.

– Nieraz się do nas w tej sprawie zgłaszano – odparł sucho Maks. – Pojazd nie jest do wynajęcia.

Sto sześćdziesiąt koni mechanicznych, ośmiocylindrowy silnik, limitowana wersja... – Ania przysłuchiwała się rozmowie, wyglądając przez przydymione szyby lśniącej limuzyny. Niewiele rozumiała z technicznych szczegółów. Wiedziała, że Wiktor zawsze marzył o sportowym kabriolecie.

Opowiadał jej, jak w czasach dzieciństwa potrafił godzinami wymieniać się z kolegami kolorowymi naklejkami i podziwiać najatrakcyjniejsze marki świata. Każdy z nich pilnował swojej kolekcji, w której krył się ten jedyny wymarzony samochód.

Leżące na chodnikach pożółkłe liście i lekka mgła dawały poczucie nierzeczywistości. Ania nie mogła pozbyć się wrażenia, że uczestniczy w jakimś zdarzeniu, które istnieje tylko na celuloidowej taśmie. Trudno jej było uwierzyć, że Gloria Grey nie rozmyśliła się od czasu wyrażenia zgodę na rozmowę, a do tego przysłała po nich limuzynę. Gdy usłyszała w słuchawce jej głos, czuła się tak, jakby unosiła się w powietrzu. Absurdalnie szczęśliwa i gotowa na wszystko.

– Może drinka? – spytał Wiktor, przerywając jej rozmyślania.

Nawet nie zauważyła, gdy w jego dłoni znalazła się szklaneczka ze złotym płynem i kostkami lodu, które potrząsane pobrzękiwały, uderzając o ścianki kryształu.

– O nie, dziękuję. Już od samej myśli, że zaraz zobaczę słynną gwiazdę, kręci mi się w głowie – odpowiedziała ze śmiechem.

Maksymilian zerknął w panoramiczne lusterko. Na jego twarzy pojawiło się zadowolenie. Wrzucił z fantazją kolejny bieg i w samochodzie rozległ się nieprzyjemny zgrzyt, jakby protestował przeciwko takiemu traktowaniu.

– Jeśli w ogóle dojedziemy na miejsce – wyszeptał z obawą Wiktor, pociągając łyk trzydziestoletniej whisky.

Zatrzymali się na światłach, przepuszczając szkolną wycieczkę. Dzieci wpatrywały się z zachwytem w czarną limuzynę, która prędzej mogła im przypominać kosmiczny pojazd niż poczciwego krążownika z połowy ubiegłego wieku. Pokazywały sobie palcami wyprostowanego za kierownicą Maksa w stylowej czapce z daszkiem. Nie drgnął nawet, zachowując nieruchome oblicze, przyzwyczajony do okazywanego mu zainteresowania.

Ania, kręcąc ostrożnie chromowaną korbką, opuściła szybę, wpuszczając do środka wilgotne jesienne powietrze.

Wiktor przysunął się bliżej, wdychając zapach jej włosów.

– Pachną piękniej niż jesień – szepnął cicho, biorąc Anię za rękę.

Limuzyna ruszyła powoli, wjeżdżając teraz w jedną z ulic prowadzących do wyjazdowych tras z miasta. Niebawem przekroczyli rogatki i znaleźli się na drodze, która po obu stronach otoczona była lasem. Wiktor dyskretnie dolał sobie whisky. Od czasu wizyty w Maskaradzie nie miał w ustach tak dobrego trunku. Wspomnienie wieczoru z Zuzą sprawiło, że poczuł się nieswojo. Spojrzał przez okno, przypominając sobie ich nocne zbieranie kasztanów.

Droga zwęziła się i limuzyna skręciła w prawo. Oczom podróżnych ukazała się aleja wysadzana topolami. Szpaler smukłych drzew, o tej porze roku ogołoconych już z liści, prowadził prosto do rezydencji ukrytej wśród stuletnich buków.

– Gotowe ujęcia – jęknął Wiktor i odruchowo zanurzył dłoń w swojej nieodłącznej torbie z aparatami. – Mam nadzieję, że tym razem nie schrzanili nic z pamięcią – dodał, wkręcając w korpus szerokokątny obiektyw.

W tym momencie Maks nacisnął dwukrotnie klakson, jakby dawał jakiś umówiony znak ukrytej w willi lokatorce.

Wiktor uśmiechnął się pod nosem. Poczuł, że zbliżają się wielkie łowy i spojrzał przez wizjer swojej cyfrówki.

– Proszę nie robić żadnych zdjęć – odezwał się z naciskiem Maks.

Zahamował gwałtownie, zatrzymując się tuż przed ciężką bramą zamkniętą na wielką kłódkę. Za parkanem, jak na zawołanie, pojawiły się dwa brytany o szarym umaszczeniu. Przez chwilę Maks zmagał się z opornym zamkiem.

– Gloria uwielbiała też lamparty – zauważyła Ania.

Gdy tylko brama została otwarta, psy w poszukiwaniu smakołyków skoczyły z impetem na Maksa, trącając go nosami.

– Ja nie wysiadam! – zażartował niepewnie Wiktor. – Nie mam zamiaru stać się karmą dla pupilków twojej gwiazdy. Co to, to nie... – Przechylił się nad Anią i dokładnie zamknął okno.

– To sympatyczne zwierzęta. Nie ma powodu do obaw – zauważył z nieznacznym uśmiechem Maks, który właśnie usadowił się za kierownicą i ponownie zapuścił motor. – Mastif neapolitański jest rasą, która ma podobno pięć tysięcy lat. Aleksander Macedoński wystawiał je przeciwko słoniom, nas – dodał z naciskiem – bronią jedynie przed intruzami.

Samochód toczył się teraz powoli, szorując kołami po rozsypanym na drodze żwirze.

Biegnące za nim psy podskakiwały wysoko, zaglądając ciekawie do środka.

Z okien limuzyny oglądali mijane krajobrazy starego parku. Mosiężne latarnie ukryte wśród drzew, ławki z fantazyjnie wygiętymi poręczami. Wreszcie zatrzymali się tuż przy szerokich marmurowych schodach.

Maks otworzył drzwi limuzyny i stanął wyprostowany jak struna. Najwyraźniej dumny z wrażenia, jakie zrobiła na nich posiadłość.

Blisko stuletnia willa zbudowana została w stylu modnego na początku wieku konstruktywizmu. Dwie smukłe kolumny podtrzymywały balkon, a ogromne okna przecinały monotonię symetrycznych brył, które złożyły się na dwuskrzydłową rezydencję. Jednego można było być pewnym. Budowniczy nie pożałowali materiałów i choć minęło tyle lat, sprawiała ona wrażenie ekskluzywnej i dostatniej.

– Są tu lamparty? – spytał Wiktor, zarzucając na ramię firmową torbę z charakterystycznym wizerunkiem oka Voyeur Media.

– Tylko na fotografiach – odparł Maks. – A to Flip i Flap – wskazał warujące mastify. – Na cześć wielkich komików – wyjaśnił na wszelki wypadek.

W głębi ogrodu stała marmurowa figura kobiety z wdzięcznie pochyloną głową. Owinięta luźną tuniką przepasaną w talii, prawą ręką wyjmowała strzałę z zawieszonego na plecach kołczanu, a lewą trzymała za rogi młodego jelenia.

– To ulubiona rzeźba pani – oznajmił kamerdyner i kierowca w jednej osobie – dłuta wielkiego Giacomettiego... – dodał z dumą.

Nazwisko twórcy niewiele im mówiło.

– Podobna do Glorii Grey – Ania weszła mu w słowo, nie chcąc być przyłapana na ignorancji.

– Bo to ona! – Maks spojrzał na Anię z uznaniem.

– Wielka gwiazda w roli Artemis...

– W *Gorących greckich nocach* – dokończyła. – Widziałam, widziałam... zresztą, któż mógłby nie znać tego filmu?

Maksymilian nie ukrywał satysfakcji. Służył już Glorii dobrych pięćdziesiąt lat. Był świadkiem jej życiowych wzlotów i upadków. Pochowali razem jej jedynego męża, a kiedy postanowiła przenieść się do ojczyzny wyruszył z nią w podróż statkiem i cierpiał w milczeniu, znosząc objawy choroby morskiej.

Od czasu powrótu willa stała się ich twierdzą i azylem. Ostatni znajomi pozostali za oceanem. Bywały dni, gdy ktoś przypomniał sobie o Glorii i podjeżdżał pod zardzewiałą bramę, prosząc o spotkanie z gwiazdą. Panteon nie jest jednak dla śmiertelników, bogowie zaś nie rozumieją małych ludzkich potrzeb. Odprawiał ich zatem z kwitkiem, a rezydencja powoli zamieniała się w wieżę z kości słoniowej, bo nikt od dawna nie miał tu już wstępu.

– Któż mógłby nie znać tego filmu? – jak echo powtórzył za Anią, a w jego głosie pojawiła się nutka melancholii. – Kiedyś za kołczan, jeden z rekwizytów do *Gorących greckich nocy*, dawano miliony. Hinduski maharadża kupił go na aukcji, żeby później osobiście korzystać z niego w tradycyjnych polowaniach na kaczki. Dzisiaj – ciągnął rozżalony Maks – władze gminy odmawiają nam wybrukowania dojazdowej drogi – skrzywił się niechętnie i zamilkł, wiedząc, że pani nie byłaby zadowolona z jego gadulstwa.

Ania odwróciła się, czując, że jest obserwowana. Spojrzała w stronę galerii okien, ale nikogo tam nie dostrzegła. Dom sprawiał wrażenie opustoszałego i gdyby nie Maks, trudno byłoby uwierzyć, że za chwilę staną twarzą w twarz z legendą. Przytuliła mocniej róże, spoglądając tęsknie na drzwi. Maks wyczuł jej niecierpliwość i nie mówiąc już ani słowa, ruszył w stronę frontowego wejścia. Ogromna kołatka wisząca na wiśniowych drzwiach otwierała swoją lwią paszczę, jakby czekała na uderzenie, które za każdym razem budziło ją z letargu.

Przekręcił dwa razy klucz w zamku i pchnął skrzydło drzwi. Otworzyło się bezszelestnie, odsłaniając przed nimi czeluść długiego korytarza, który przechodził w kwadratowy hol. W głębi domu paliły się lampy. Miękkie żółte światło otaczało kręgiem ustawione wzdłuż ścian meble, wydobywało z mroku wiszące na ścianach obrazy i zarys wiodących na pierwsze piętro schodów.

– Czy to ty, Maks? – rozległ się władczy głos. – Przywiozłeś tę młodą damę i jej towarzysza?

– Tak, proszę pani, jesteśmy na miejscu... – odpowiedział kamerdyner.

– Wprowadź państwa do salonu, zaraz schodzę... – głos gwiazdy stłumiony był przez wiszące na ścianach draperie.

Ustawione przy oknie fotele obite wzorzystą tkaniną stanowiły dowód, że w głowach artystów dzieją się czasem rzeczy, które wymykają się powszechnie panującemu porządkowi.

Królujący w salonie eklektyzm w zadziwiający sposób tworzył harmonijną całość i nawet stary cenny klawikord wydawał się tu na miejscu. Ania podejrzewała, że to ręka Glorii Grey nadała temu wnętrzu ten szczególny, wyjątkowy klimat. Czuła, że cokolwiek by się tu znalazło, zyskałoby dzięki niej piętno niepowtarzalności. Nawet stojąca w rogu pokoju typowa chińska waza, która przyciągała uwagę delikatnością namalowanych linii splatających się w uporczywie powracających motywach.

U szczytu schodów pojawiła się postać kobiety w popołudniowej sukni. Trzymała w koniuszkach palców cygarniczkę z tlącym się papierosem. Obłok szarego dymu podążał za nią, kiedy wolnym krokiem schodziła na przywitanie gości. Czas nie odebrał jej piękna i mimo upływu lat zachowała swój niepowtarzalny wdzięk. Wtedy Ania doznała nagłego déjà vu. Nie mogła wyzwolić się od natrętnego uczucia, że gdzieś to już kiedyś widziała.

„Czy to scena z jakiegoś filmu? – przebiegło jej przez myśl. – A może znamy się od zawsze i spotkanie to dawno było już zaplanowane przez los?".

Nie znalazła odpowiedzi na pojawiające się pytania, bo stała już przed nimi Gloria Grey. Nadal była wielką gwiazdą, której nie sposób było pomylić z kimś innym. Charakterystyczne pochylenie głowy, jakby nadsłuchiwała dalekich głosów, jakby szukała właściwego słowa, powtórzone w tysiącach ujęć sprawiło, że Ania poczuła gwałtowne wzruszenie.

– To dla pani... – Wyciągnęła przed siebie herbaciane róże i wręczyła je gwieździe. – Jesteśmy zaszczyceni, że zechciała się pani z nami spotkać...

– Moje ulubione, skąd wiedziałaś...? – Wzięła od Ani bukiet kwiatów i wtuliła w nie twarz. – Tea roses... kiedy grałam w *Gorących greckich nocach,* Paramount sprowadzał je dla mnie z całej Kalifornii. Maks! – przerwała falę wspomnień. – Przynieś wazon ulepiony przez Pablo, czują się w nim najlepiej... – powiedziała tonem nieznoszącym sprzeciwu. – A pan, młody człowieku – zwróciła się do Wiktora stojącego za plecami Ani – dlaczego kryje się pan w cieniu z tym swoim... sakwojażem? – zapytała i od niechcenia wyciągnęła do niego dłoń przywykłą do składania hołdów.

Wiktor odstawił torbę na parkiet i bez namysłu ucałował rękę Glorii. Od dzieciństwa nauczony był okazywać w ten sposób szacunek damom.

– W pani obecności wszyscy są w cieniu – odparł z przekonaniem i uśmiechnął się czarująco.

– Kokiet! – podsumowała krótko i przyjrzała się Wiktorowi. – Trzeba przyznać, że całkiem przystojny kokiet – zauważyła i opadła z wdziękiem na fotel z ręcznie rzeźbionym oparciem. – Mój Boże... ta jesienna szaruga doprowadzi mnie do szaleństwa – westchnęła. – Siadajcie, proszę... – Wskazała ciężką kanapę z frędzlami. – Maks zaraz przyniesie coś do picia. – Poszedł, Flap! – Odgoniła sadowiącego się u jej stóp mastifa. – Zawsze muszą podsłuchiwać, o czym rozmawiam, ciekawskie psy – dodała z pobłażaniem w głosie. – Pomyśleć, że kiedyś walczyły z gladiatorami....

Flap ciężko dźwignął się z dywanu i bez przekonania przeniósł się w okolice pozostawionej przez Wiktora torby, jakby zamierzał pilnować jej przez całe spotkanie.

Dopiero teraz Ania dostrzegła dziesiątki starych fotografii Glorii.

– Ostatnie zdjęcie dałam sobie zrobić na planie *Walkirii*, potem powiedziałam: dość! Ten zwariowany fotograf z New Yorku, jak mu tam było na imię – gwiazda zastanawiała się przez chwilę. – Nieważne – machnęła ręką. – Za dużo ludzi, za dużo nazwisk... w każdym razie uganiał się za mną jak wściekły. Kobieta nie ma prawa fotografować się po pięćdziesiątce. *Jamais!* – wykrzyknęła.

Flap podniósł ciężki łeb.

Ania nie mogła oprzeć się wrażeniu, że oto wielka aktorka odgrywa przed nimi fragment jakieś dawnej roli, a monolog ten będzie trwał bez końca.

– Piękny list – niespodziewanie zwróciła się do niej Gloria – tylko dlatego zgodziłam się, żebyście tutaj przyszli. Kiedy Maks wydrukował mi te słowa, pomyślałam, że jest jeszcze szacunek dla wielkości. – Sięgnęła po kartkę leżącą na niskim stoliczku. – Prawdziwa sztuka jest wieczna! – dodała egzaltowanym tonem. – Nie wszystko stracone...

Nie odezwały się oklaski ani nie zapaliły się jupitery.

Gloria drżącymi rękami otworzyła srebrne pudełeczko i wyjęła cieniutkiego papierosa w brązowej bibułce. Wiktor przypomniał sobie natychmiast o zapałkach, lecz nie zdążył się nawet poderwać, bo nagle, jak spod ziemi, wyrósł Maks. Po chwili utonęła w obłoku dymu.

– Czego chcecie? – zapytała od niechcenia.

Ania poczuła się jak na pierwszym egzaminie. W plecaku trzymała zeszyt ze starannie wykaligrafowanymi pytaniami, ale nie miała odwagi po nie sięgnąć. Obecność Glorii była tak przytłaczająca, że wszystkie dotychczasowe przemyślenia wydały się jej miałkie, a do tego niestosowne. – Zobaczyć fotosy? Usłyszeć jeszcze jedną historię? A może dowiedzieć się o tej wielkiej kłótni na planie *Femme fatale*? – Gloria dotknęła dłonią misternie rzeźbionego oparcia fotela. – Wiecie, że to jedyny zachowany rekwizyt z tego filmu... – Maks! – ożywiła się nagle, jakby niespodziewany przebłysk pamięci podpowiedział jej jakiś szczegół. – Przynieś państwu albumy!

Ania poprawiła się niespokojnie na miękkiej kanapie. Chciała zaprotestować, ale zanim zdążyła wykrztusić choć słowo, na jej kolanach wylądowały oprawione w skóry wielkie albumy z wyrytymi na nich datami. Miała przed sobą *Summer'51*.

Otworzyła tytułową kartę. Pod prześwitującą bibułką uwięzione zostały w narożnikach czarno-białe zdjęcia. *Gloria podczas wręczenia Oskarów. Gloria na bankiecie w MGM. Gloria za kołem sterowym podczas rejsu na Catalinę.* Starannie wykaligrafowane napisy wydobywały z mroku niepamięci uchwycone niegdyś kadry. Od czasu do czasu znajdowali wycinek pożółkłej gazety.

– *Arabski szejk oferuje osiemdziesięciosześciokaratowy diament za rękę Glorii Grey* – przeczytał półgłosem Wiktor. – *Ile warte jest nazwisko gwiazdy?* – brzmiał podtytuł jednego z artykułów.

– To było już po śmierci męża – skomentowała z niesmakiem Gloria.

Siedzieli pochyleni nad kolejnymi albumami, Gloria dorzucała jakieś zdanie, czasem wybuchała śmiechem, innym razem cytowała ulubiony fragment którejś z ról. Ania wyciągnęła notes i zaczęła pokrywać jego strony drobnym pismem. Egzotyczne światy istniejące już tylko na fotografiach wzbudziły zachwyt w Wiktorze, który jako chłopiec marzył o dalekich podróżach.

Obraz jej wspaniałej kariery rozwijał się przed nimi w zwolnionym tempie, mijały lata i na kartach albumów pojawiały się kolejne wcielenia Glorii Grey.

Wreszcie Ania zamknęła ostatnią stronę. Nie zauważyli nawet, kiedy w salonie zapadł zmrok, a Maks zapalił lampy. W ciepłym kręgu światła zobaczyli zmęczoną twarz Glorii, jakby dźwiganie legendy było już ponad jej siły.

Maks chrząknął znacząco.

– Czy chcieliby jeszcze państwo zapytać o coś panią? – zwrócił się do nich z kurtuazją, w jednoznaczny sposób dając do zrozumienia, że czas spotkania nieuchronnie zbliża się do końca.

Ania zebrała się na odwagę.

– Zawsze, gdy oglądałam pani filmy – odezwała się z determinacją w głosie – zastanawiałam się, gdzie pod wielkością granych ról kryje się pani jako kobieta, która też ma przecież prawo cierpieć, nienawidzić, kochać... zupełnie jak stworzone przez panią bohaterki. Czy wielkie aktorstwo jest wyrzeczeniem się własnego życia, bo oddaje pani cząstkę siebie w każdej kolejnej kreacji?

Przez chwilę Ani wydawało się, że zobaczyła w jej oczach łzy. Jednak wielkie aktorki prawdziwie płaczą tylko na scenie, w życiu odgrywają jedynie jakąś rolę.

– Bycie aktorem to przekleństwo i błogosławieństwo zarazem, zapamiętaj to sobie, dziecko – odpowiedziała Gloria. – Już dawno złożyłam siebie na ołtarzu sztuki, teraz jestem wyłącznie własnością moich widzów.

– Ale przecież miała pani szczęśliwe życie. Cudowny mąż, o którym mówi pani z wielkim szacunkiem, powszechne uwielbienie, liczne nagrody... – Ania wpatrywała się w nią napięciu.

Gloria Grey gwałtownie zerwała się z miejsca, powstrzymując jednocześnie władczym gestem Maksa, który pospieszył jej z pomocą. Przeszła parę kroków, nie zwracając uwagi na Flipa, który podniósł się ciężko spod kominka, aby towarzyszyć swojej pani. Wydawała się wzburzona i gdy odwróciła się, ujrzeli w jej oczach starannie ukrywane przed światem cierpienie.

– Czym jest życie? – odezwała się zgorzkniałym głosem. – Kilka błysków fleszy, schody wyłożone czerwonym dywanem, owacje na stojąco... o czymś zapomniałam? Cóż to wszystko jest warte? Powiedz mi, młoda damo, co dla ciebie jest najważniejsze?

– Miłość – odpowiedziała bez wahania Ania i spojrzała bezwiednie na Wiktora.

– Tak, miłość... – powtórzyła Gloria. – Chodźcie, coś wam pokażę... – Odwróciła się i nie czekając na gości, ruszyła w głąb domu.

Ania i Wiktor zerwali się z miejsca, nawet Flip i Flap, pewne, że spotkanie dobiegło końca, podniosły się raptownie, gotowe odprowadzić gości.

Pierwsza, spowita w kłęby tytoniowego dymu, szła Gloria, jakby prowadziła za sobą tajemniczą pielgrzymkę.

Po chwili znaleźli się w niewielkim pozbawionym okien pokoju. Na środku stało kilka foteli, w kącie zaś niewielki stolik pokryty cienką warstwą kurzu. Południową ścianę zajmował ogromny obraz. Ania zauważyła tajemniczy przedmiot zamknięty w czarnym futerale. Gloria podała Maksowi wyciągniętą ze skrzyni płaską blaszaną puszkę.

– Zajmij się tym! – rozkazała, siadając w jednym z foteli.

Kamerdyner podszedł do obrazu i nacisnął widoczny w ścianie guzik. Płótno powędrowało w górę, odsłaniając jasny prostokąt ekranu. Włączył projektor i biała smuga światła przecięła panujący tu półmrok. Pokój zamienił się w kameralną salę projekcyjną.

Gloria zapaliła papierosa i w milczeniu wpatrywała się w ekran. Goście stali przez chwilę, niepewni, co mają zrobić. Wreszcie zajęli fotele, zerkając na nieruchomy profil gwiazdy zaciągającej się głęboko tureckim tytoniem. Ciszę przerwało ciężkie westchnienie Flapa, który zatrzymał się ze swoim towarzyszem w progu pokoju, jakby psy nie miały prawa przebywać tu z ludźmi. Znajomy terkot obracających się szpul zapowiedział początek pokazu.

Dym krążył wokół światła, potęgując wrażenie nierealności. Na ekranie, wśród migocących kresek, pojawił się w zbliżeniu profil roześmianej kobiety w kapeluszu.

– To ona – wyszeptała Ania, mocno ściskając Wiktora za rękę.

Film nakręcony był amatorską kamerą. Obraz ciągle zanikał, prześwietlony promieniami słońca. Nagle gwałtowny odjazd ukazał na ekranie plażę. W kadrze pojawiła się biegnąca w stronę brzegu roześmiana kobieta. Stał tam wiklinowy kosz z numerem siedem. Obraz stracił ostrość, a horyzont przechylił się, jakby ktoś usiłował umocować na statywie kamerę. Na ekranie ukazał się na moment młody mężczyzna, który pomachał w stronę obiektywu.

– To mój jedyny Oskar – odezwała się Gloria. – Nigdy nie było innego.

Mężczyzna odwrócił się plecami i pobiegł w stronę czekającej na niego kobiety. Zrzuciła z głowy kapelusz, pozwalając, aby wiatr porwał jej włosy. Objął ją i przez chwilę stali przytuleni, wpatrując się w widoczny w głębi obrazu horyzont.

Film urwał się nagle i na ekranie pojawił się cień podnoszącej się z fotela Glorii. W ciszy rozległ się dźwięk uderzeń taśmy uwolnionej ze szpuli.

– Był operatorem... młodszy o kilkanaście lat... Pojawił się w moim życiu jak kometa... – powiedziała Gloria. – Nie ma piękniejszego filmu o miłości...

W pokoju zapaliły się światła. Ania zmrużyła oczy, spoglądając na pusty ekran. Miała wrażenie, że wróciła z dalekiej podróży. Choć film był niemy, czuła jeszcze zapach morza i słyszała plusk fal rozbijających się o widoczne w głębi kadru skały.

– Teraz i wy znacie mój sekret – powiedziała cicho Gloria. – Jedyne, co naprawdę istnieje, to miłość... Jestem bardzo zmęczona.

Wracali do salonu, mijając ciemne prostokąty okien. Nawet nie zauważyli, że zapadła już noc. Flap siedział znów przy torbie Wiktora i gdy weszli do salonu, podniósł raptownie łeb.

– Czy mógłbym odzyskać moją własność? – spytał uprzejmie Wiktor.

– Flap, oddaj panu torbę – odezwał się Maks.

Pies posłusznie chwycił ją zębami i powlókł w stronę właściciela.

– Grzeczny pies – pochwaliła go pani domu. – Może czuje się pan zawiedziony... Chciał pan zrobić zdjęcia. Nie zawsze możemy mieć to, co chcemy...

– No cóż, spróbuję coś na to poradzić – uśmiechnęła się tajemniczo.

Gwiazda podeszła do komody i wysunęła jedną z szuflad. Sięgnęła głębiej, wyciągając czarno-białą odbitkę, która błysnęła w świetle lampy, i Ania zauważyła, że przedstawia Glorię w charakterystycznym ujęciu z filmu *Gorące greckie noce*. Aktorka wyjęła z etui pióro i skreśliła kilka słów na fotografii.

– To dla pana. – Wręczyła Wiktorowi odbitkę.

– I proszę pamiętać, co w życiu jest najważniejsze – dodała, przeszywając go słynnym spojrzeniem.

Poczuł się jak chłopak przyłapany w szkole na paleniu papierosów. Pochylił się nisko w szarmanckim ukłonie i złożył na jej dłoni pocałunek.

– Dziękuję pani za to spotkanie. Są kadry, których się nie zapomina... Zawsze będę je mógł sobie odtworzyć – dodał z czarującym uśmiechem.

Skinęła przyzwalająco głową i zwróciła się do Ani.

– Mam też coś dla ciebie, kochanie... – stara aktorka z namysłem sięgnęła po leżącą na komodzie książkę oprawioną w czerwone płótno.

Wytarty grzbiet i pogięte rogi zdradzały ślady częstej lektury, a na okładce, pod rysunkiem smoka, widniał wybity złotymi literami napis *Sun Zi's The Art of War*.

– Kiedyś znałam ją na pamięć, dziś nie jest mi potrzebna. O wielkość trzeba walczyć. Może kiedyś ci się przyda?... – dodała i wręczyła jej podarunek. Potem odwróciła się bez słowa i zniknęła w niekończącej się amfiladzie pokoi.

– Odwiozę państwa do domu – rozległ się głos Maksymiliana. – Przed nami kawałek drogi, zrobiło się późno.

13

Rozrzucone wokół notatki pokrywały część podłogi. Reszta znajdowała się na biurku, przy którym siedziała Ania. Od trzech dni Wiktor usiłował zamienić z nią choćby jedno słowo, ale powoli tracił nadzieję, że, przynajmniej na moment, uda mu się skupić na sobie jej uwagę.

Pisała jak w transie, a liczne uwagi i rysunki na marginesach rozsypanych kartek zdradzały wielość koncepcji i przymiarek. Idea wielokrotnego portretu, o którym tak dużo myślała, znajdowała teraz swoje spełnienie w tworzonym obrazie wielkiej gwiazdy.

Wspomnienia świadków krzyżowały się z filmową fikcją, przeszłe wydarzenia rzucały cień na teraźniejszość, artystyczna sukcesja artystki zderzała się z nowymi czasami, gdzie nie było już miejsca na kapłaństwo w sztuce.

Powoli spod pióra Ani wyłaniał się psychologiczny portret Glorii Grey, wrażliwej kobiety i wielkiej aktorki. Czuła, że po latach zapomnienia będzie to prawdziwy come back gwiazdy, i myśl ta dodawała jej skrzydeł.

Maks prosił o nieużywanie dyktafonu, ale na szczęście w trakcie spotkania robiła notatki. Pochyliła się nad kolejną kartką i wtedy uświadomiła sobie, że od dłuższej chwili Wiktor coś do niej mówi.

– Nie mam już chyba dziewczyny – skarżył się, robiąc minę zbitego psa. – Tak, nie mam, bo siedzi tu przede mną nawiedzona dziennikarka, która postanowiła stworzyć dzieło swojego życia – prowadził dialog z samym sobą. – Od godziny zachowuje się tak, jakbym był powietrzem...

– Wiktor, daj spokój – zaśmiała się Ania, odkładając pióro. – Trudno ciebie nie zauważyć – dodała, spoglądając na niego z czułością.

Leżał na łóżku, rzucając jej prowokacyjny uśmiech.

– Czy wiesz, że od kilku godzin tkwisz przy tym biurku w turbanie na głowie? – spytał, podnosząc się wolno. – Umyłaś włosy i zapomniałaś, że go nosisz. A może zamienisz się w derwisza i zaczniesz lewitować? – Podszedł, zaglądając jej przez ramię. – Co my tu mamy...? – Dotknął nosem jej szyi. – Może zrobisz sobie przerwę? – mruknął i jednym ruchem ściągnął jej z włosów mokry ręcznik.

Ciężkie sploty opadały teraz na ramiona, stwarzając złudzenie, jakby ich właścicielka wyszła prosto z oceanu.

– Nie teraz. – Rzuciła mu przepraszające spojrzenie. – Jeszcze tylko parę zdań i będzie gotowy. Wiesz, to będzie portret, o jakim marzyłam.

Wiktor od kilku dni nie mógł pozbyć się uczucia, że Gloria zawłaszczyła jakąś część Ani, że odebrała należną mu uwagę, wciągając jego dziewczynę do własnego świata.

– Gwiazda może poczekać. – Wiktor był wyraźnie rozczarowany. – Tyle lat czekała, to godzina jej nie zbawi.

– Ja też czekałam na ten wywiad – zauważyła Ania. – Zaraz skończę pierwszą wersję.

– Na pewno jest świetna – odparł z przekąsem Wiktor.

– To przecież nasz wywiad – podkreśliła z naciskiem. – Bez ciebie wyglądałby zupełnie inaczej... Wygładzimy całość i mamy gotowy materiał dla Barona. Możemy pokazać mu go nawet jutro. Co ty na to?

– A ilustracje? – zapytał tajemniczo Wiktor.

– Może wrzucimy fotografię, którą ofiarowała ci Gloria. – Ania rozłożyła ręce. – Ta dedykacja dla ciebie naprawdę robi wrażenie...

– Mam coś mocniejszego – w głosie Wiktora pojawiła się dziwna nuta. – Coś, co uczyni nasz wywiad wyjątkowym.

– Napisałeś coś? – zainteresowała się Ania. – Pokaż, dlaczego nic mi nie powiedziałeś?

– Nie napisałem – odpowiedział, sięgając po leżącego na łóżku laptopa. – Utrwaliłem, można powiedzieć, uwieczniłem dla potomnych.

Wiktor otworzył plik noszący imię gwiazdy. Wśród znanych już Ani dokumentów z wywiadami, recenzjami i artykułami, które zebrali, przygotowując się do spotkania, był jeszcze jeden folder o zagadkowo brzmiącym tytule *Top secret*.

– Czyżbyś dotarł do tajnych archiwów Komisji McCarthy'ego? – Ania przywołała nazwę niesławnej komisji, która w latach pięćdziesiątych była zmorą hollywoodzkich artystów.

– Czas polowania na czarownice się skończył – uśmiechnął się Wiktor. – Mam coś lepszego... – i bez wahania kliknął tajemniczą teczkę.

Komputer automatycznie uruchomił program do odtwarzania plików video.

Na monitorze pojawił się profil Glorii Grey wpatrzonej w migoczący ekran. Gwiazda w napięciu śledziła czarno-białe utrwalone nad morzem amatorską kamerą sceny, na których widać było pochylającego się nad nią mężczyznę.

– *To mój jedyny Oskar. Nigdy nie było innego...* – odezwał się głos Glorii zagłuszony charakterystycznym terkotem projektora.

Krótki film pozostawiający pod względem technicznym wiele do życzenia urwał się nagle, jakby ktoś schował kamerę do kieszeni. Na ekranie laptopa pojawiło się pytanie: *Odtworzyć jeszcze raz?*

Zapadła cisza.

– No i co? – przerwał milczenie Wiktor, wpatrując się w Anię z satysfakcją. – Odtworzyć jeszcze raz?

– Wiktor, co ty zrobiłeś?! – Ania prawie krzyknęła, patrząc na niego, jakby widziała go po raz pierwszy.

– Od czego są komórki, jak myślisz? – odezwał się chełpliwie, ignorując jej gniew. – Niewinny przedmiot... – Obracał w ręku swoją komórkę – ... a taki pożyteczny. To dopiero będzie materiał. Wytnę kilka kadrów, zmontuję historyjkę i świat dowie się, czym dla słynnej gwiazdy jest miłość – mówił coraz szybciej. – Grała ją tyle razy, ludzie płakali, śmiali się, cierpieli z nią i umierali. A teraz pokaże im swoją prawdziwą twarz...

– Nie wierzę, że to zrobiłeś, po prostu nie wierzę! – Ania zerwała się z krzesła, zaciskając pięści. – To po prostu ohydne, obrzydliwe...

– Przecież ten portret z fotkami będzie stokroć ciekawszy... – próbował ją przekonać.

– Czy ty nie rozumiesz, że to zwykła kradzież?! – Patrzyła na niego z niedowierzaniem.

– Sama nam go pokazała, nie wyciągnąłem jej tego filmu z szuflady – bronił się Wiktor. – Aniu, zrobiliśmy świetny materiał, możemy stać się sławni. Pomyśl, tak długo czekaliśmy na temat. Taka okazja się już nie powtórzy.

– Nie udawaj idioty! Wiesz, że nigdy dotąd nie ujawniła tego filmu i zaufała właśnie nam! – krzyknęła, rzucając mu pełne urazy spojrzenie.

– Nie bądź taka święta – oburzył się Wiktor. – Na jakim ty świecie żyjesz? Myślisz, że twój sentymentalny portret kogokolwiek zainteresuje?

Ania nie mogła wykrztusić z siebie ani słowa.

– Usuń to – odezwała się cicho.

Wiktor zatrzasnął laptopa. Spojrzał na Anię i wykrzywił twarz w szyderczym uśmiechu.

– Obudź się, śpiąca królewno – wycedził przez zęby. – To nie jest tylko twój wywiad, mój też, sama to przed chwilą powiedziałaś. A Peryskopów nie rozdają za friko, nawet jeśli sądzisz, że jest inaczej.

Ania zerwała się z miejsca, zaciskając bezsilnie pięści.

– Ty... ty... – nie mogła znaleźć odpowiednio mocnego słowa. – Ta pieprzona statuetka jest dla ciebie najważniejsza, tak!? Chcesz ją sobie postawić na biurku i wpatrywać się w nią jak w bożka. Jesteś po prostu żałosny! – krzyknęła ze łzami w oczach.

– Uspokój się. – Patrzył na nią zdziwiony siłą jej wybuchu. – Nie bądź taka egzaltowana. Ona tego nawet nie przeczyta.

– Wyjdź stąd! Po prostu wyjdź – powiedziała zduszonym głosem i odwróciła się do okna, czekając, aż opuści pokój.

Nagle uderzyła pięścią w parapet. Ubrała się szybko, łapiąc w locie płaszcz i torebkę. Wybiegła do przedpokoju, nie patrząc nawet w stronę Wiktora stojącego przy kuchennym stole. Rozległo się głośne trzaśnięcie. Zbiegała po schodach, mijając po drodze pozamykane drzwi. Nie starała się nawet powstrzymać łez. Zabytkowa brama zacięła się, więc szarpnęła ją niecierpliwie, rozpruwając rękaw ulubionego płaszcza. Stara latarnia zapalała się i gasła, a światła reflektorów przejeżdżających ulicą samochodów raziły ją tak, że zasłoniła na chwilę twarz. Stanęła w bezruchu, nie zwracając uwagi na padający deszcz. Nie wiedziała, dokąd iść. Obraz rozmazywał się jej przed oczami, ktoś zatrąbił, a hamujący tuż przy krawężniku autobus ochlapał ulubione buty. Wybuchnęła płaczem i pobiegła szybko przed siebie.

14

– Spokojnie, mów wszystko po kolei – poprosiła Magda, podając przyjaciółce filiżankę herbaty. – Masz, napij się, dobrze ci zrobi łyk Owocowego Raju...

– Nigdy taki nie był! – krzyknęła niespodziewanie Ania. – Nigdy, rozumiesz?

Siedziały w pogrążonej w półmroku pracowni, obserwowane przez stojące w kącie manekiny. Na metalowym blacie leżał niedokończony projekt spodni. Magda porzuciła go, odbierając alarmujący telefon od przyjaciółki.

– To szuja! – Magda podsumowała relację roztrzęsionej jeszcze Ani. – Ukrywał swoją prawdziwą twarz. Nigdy mu nie ufałam... prędzej czy później z każdego samca wyjdzie świnia – dodała sentencjonalnie.

– Raczej knur – sprostowała Ania. – Ale z Wiktorem miało być inaczej... Wiesz, myślałam, że ten wywiad był dla niego równie ważny jak dla mnie, że otworzył coś w nas, jakiś nowy rozdział, po którym wszystko będzie już inne...

– Poetka... – Magda spojrzała na nią ze współczuciem. – Jesteś nieuleczalna. – Życie to nie książka, a ty nie jesteś jej główną bohaterką...

– A Gloria? Przynajmniej ją mógł uszanować. Żebyś widziała, jak całował w rękę, jaki był czarujący... – naśladowała jego gesty Ania.

– Mówiłam ci, że w tym jest specjalistą. – Magda podniosła głos. – Pamiętasz, jak na wernisażu obskakiwał Zuzę? Nie chciałaś wtedy tego widzieć, co?

– Nie chcę go znać... – przyznała rację przyjaciółce. – Ani mieć z nim cokolwiek wspólnego!

– To zwykły mydłek, od razu wiedziałam, że do ciebie nie pasuje. – Magda sięgnęła po sweter z jesiennej kolekcji i przykryła nim ramiona Ani. – Włóż go, cała się trzęsiesz.

– Trzęsę się, ale ze złości. – powiedziała rozgniewana Ania. – Jak on mógł być taki okrutny. Gdybyś ją widziała, taka krucha, otwarta wobec nas, szczera, ufna...

– Przestań się nad nią rozczulać. – Magda nalała jej kolejną filiżankę herbaty. – Gloria jest twarda. Niejednego już łajdaka spotkała w swoim życiu. Spokojnie sobie z tym poradzi...

– Myślisz, że on to opublikuje? – Ania zbladła i złapała się za głowę, czując nagły ból w skroniach.

– Tego nie zniosę, po prostu go zamorduję.

– No nie wiem, ale znając Wiktora, to wszystko jest możliwe. Tacy jak on dla kariery zrobią każde świństwo. Mówię ci. – Magda, nie pozostawiła jej zbyt dużej nadziei.

– Mój chłopak – wyszeptała ironicznie Ania. – Taki kochany... wiesz, przyszedł niedawno nad ranem, czekałam z kolacją, byłam na niego zła, ale jak się obudziłam, znalazłam przy łóżku kasztanowego ludzika. Od razu mu wybaczyłam.

– Trzeba było wybaczyć ludzikowi, a nie jemu – parsknęła śmiechem Magda. – W ogóle za często mu wybaczasz – dodała twardo. – Wybaczać można tylko raz, a i tak to o jeden raz za dużo – dodała z miną znawcy. – Jak zadzwoni, to powiedz mu, żeby wyniósł się z twojego życia, razem z tą obrzydliwą żółtą walizką. Najlepiej niech wraca na to swoje zadupie. I zostanie tam reporterem jakiejś podrzędnej gazetki. To w sam raz dla takiego idioty. – Magda wyraźnie się rozkręcała.

– Masz coś mocniejszego? – spytała zrezygnowana Ania.

– Chyba chcesz mnie obrazić. – Przyjaciółka wstała, sięgając do schowka w maszynie do szycia. – Może być bułgarskie?

– Wszystko mi jedno. Nalewaj – zniecierpliwiła się Ania. – I na pohybel facetom. Nie chcę go widzieć na oczy. Nigdy więcej!

– Ani słyszeć... – dodała Magda. – Bo i tak nie ma ci nic do powiedzenia. Taki mydłek – dodała z przekonaniem i uderzyła kieliszkiem o butelkę.

– Niech spada! – powtórzyła.

– Niech spada! – zgodziła się Ania.

Siedziały w milczeniu, popijając wino, jak za dawnych czasów, kiedy nie musiały wiele mówić, bo czuły się ze sobą naprawdę dobrze. Magda nalała ostatni kieliszek zakołysała nim i odstawiła go na podłogę.

– No i finito – odezwała się melancholijnie. – Wszystko się kiedyś kończy.

Ania wstała z kieliszkiem w ręku i ruszyła w stronę kanapy. Postawiła go ostrożnie na podłodze i wsunęła się pod leżące na niej płaszcze.

– Muszę się na chwilę położyć – usprawiedliwiła się przed Magdą. – Wiesz, od trzech dni prawie nie spałam, tylko pisałam jak wściekła ten artykuł, a teraz... – Machnęła ręką i naciągnęła na siebie jeden z nowych płaszczy.

Magda wstała i przykryła ją delikatnie kilkoma warstwami gotowej kolekcji.

– Śpij spokojnie, mam nadzieję, że nie zostawiłam tam nożyczek – mruknęła cicho.

– Nieważne... – szepnęła Ania, zamykając zapuchnięte powieki.

Po chwili już spała.

W pokoju rozległ się dzwonek komórki. Magda szybkim krokiem podeszła do wieszaka i sięgnęła do kieszeni kurtki Ani. Jednym ruchem wyłączyła głos. Na ekranie wyświetlił się napis *WIKI*. Uśmiechnęła się z satysfakcją i zatrzasnęła klapę telefonu. Potem usiadła przy stole kreślarskim i zapaliła lampę. Delikatne linie wzorów przeniosły ją w jej własny świat. Po chwili straciła poczucie rzeczywistości, pogrążona w dopracowywaniu ostatnich szczegółów swojej kolekcji, której pokaz miał się odbyć już za kilka dni.

Ania obudziła się po kilku godzinach z uczuciem, że coś ją uwiera. Sięgnęła pod pośladki i wyciągnęła stamtąd pudełko ze szpilkami. Obracała je w dłoni, nie mogąc pojąć, co robi w jej łóżku ten dziwny przedmiot. Dopiero gdy poczuła pod głową charakterystyczny wałek, zrozumiała, gdzie się znajduje. Czarne niebo za oknami i księżyc po lewej stronie uzmysłowiły jej, że jest głęboka noc. Magda stała przy desce do prasowania i przeciągała żelazkiem brzeg materiału.

– Witaj w Banialongo. Zapraszam do baru – mruknęła, widząc podnoszącą się z kanapy Anię. – Panowie czekają. – Wskazała siedzące tam manekiny.

Ania złapała się za głowę i jęknęła z bólu.

– Oto skutki melodramatycznych scen – powiedziała ze współczuciem Magda. – Powinnaś coś zjeść. Mam w lodówce żółty ser i kilka oliwek. Mogę otworzyć jeszcze jedną butelkę – zaproponowała, spoglądając w stronę maszyny do szycia.

– O nie, dziękuję, zdecydowanie mi wystarczy – odezwała się ochrypłym głosem Ania. – Gdzie moja komórka? – spytała, sięgając do kieszeni spodni.

– A gdzie ją zostawiłaś? – odpowiedziała pytaniem Magda.

Ania wstała i ruszyła w stronę wieszaka. Wyjęła z kieszeni telefon i odczytała kilkanaście nieodebranych połączeń. Wszystkie od Wiktora. Magda spojrzała na nią spod oka.

– Interesuje cię to? – spytała prowokacyjnie. – Chcesz wiedzieć, czy twój królewicz się tu dobijał?

– Po prostu patrzę. – Ania włączyła głos.

– Dziwię się, że ma jeszcze czelność do ciebie po tym wszystkim dzwonić – warknęła Magda. – Najlepiej zmień numer i zamki w drzwiach.

W tym momencie rozległ się sygnał telefonu. Ania instynktownie nacisnęła słuchawkę i przyłożyła ją do ucha.

– Aniu, kochanie, jesteś tam? – usłyszała głos Wiktora. – Odezwij się, proszę! – powiedział błagalnym tonem. – Nie wiem, co we mnie wstąpiło. Możesz rozmawiać?

– A o czym my mamy rozmawiać? – spytała spokojnym tonem Ania. – O twoim Peryskopie czy o tym, że żyłam prawie trzy lata z facetem, którego tak naprawdę nie znałam? A może chcesz, abym pomogła ci zredagować twoją wersję artykułu?

– Wszystko skasowałem – odpowiedział po chwili milczenia. – Masz rację. To nie byłoby w porządku.

Ania usiadła na schodach, przyciskając z całej siły do ucha słuchawkę.

– Jak to, skasowałeś? – spytała z niedowierzaniem w głosie. – Przecież mówiłeś...

– Mówiłem wiele głupich rzeczy i teraz bardzo tego żałuję, ale wiem, że nie mogę bez ciebie żyć i że to ty jesteś ważna, a nie jakiś tam Peryskop. Aniu, wracaj do domu, bo zwariuję.

Nie mogła wykrztusić ani słowa, przełykając niechciane łzy. Czuła, jak wszystko w niej topnieje, starała się myśleć, że jego słowa były jedynie złym snem, z którego właśnie się przebudziła.

– Wracaj – powtórzył raz jeszcze. – Po prostu wracaj.

Wyłączyła komórkę i spojrzała na Magdę z radością w oczach. Przyjaciółka pokiwała głową i rzuciła jej wiele mówiące spojrzenie.

– Pozwól, że nie będę tego komentować – odezwała się po chwili. – Twój chłopak, twój wybór, twoje życie... No idź już, idź – dodała, przytulając ją do siebie.

Gdy Ania zbiegała po schodach, miała uczucie, że życie zaczyna się na nowo.

15

– Czy was już kompletnie porąbało? Z czym wy mi tutaj przychodzicie? To miał być przedświąteczny hit do nowego dodatku, a nie jakieś sentymentalne brednie dawno zapomnianej gwiazdy. – Baron rzucił na szklany stół plik wymiętych kartek. – Chyba przestałeś myśleć głową, Wiktor... – Po chwili zwrócił się do Ani: – To była ostatnia szansa, pierwsza i ostatnia, zapamiętaj to sobie i przestań opowiadać te bzdury, bo nawet gdybyś była kochanką prawnuka wielkiego Coxa, wylecisz stąd na zbity pysk. Zrozumiano?

– Ale... – próbował ratować sytuację Wiktor.

– Żadnych ale – przerwał mu naczelny. – Idźcie z tym do jakiegoś hobbystycznego pisemka, może wam to wydrukują, ja tego nie kupuję. Kropka. – Baron spacerował nerwowo po gabinecie, rzucając pełne wściekłości spojrzenia na parę dziennikarzy. Rzadko miał taki nastrój, ale jeśli już w niego wpadał, wszyscy schodzili mu z drogi.

Ania stała przy konferencyjnym stole, opierając się dłońmi o długi śliski blat, gdzie leżały rozrzucone kartki z ich portretem. Totalna klęska. W szklanej szybie widziała swoje blade odbicie. Nie wyglądała najlepiej, kilka nieprzespanych nocy zrobiło swoje, i w dodatku jeszcze ten krzyk, przy którym trudno było zebrać myśli.

Naczelny ujął w obie ręce Peryskop i przyłożył go do oka.

– Trzeba umieć patrzeć, rozumiecie? – wycedził przez zęby. – Wypatrywać, węszyć, tropić... jak załogi ukrytych pod wodą u-bootów. Potem jeden strzał i zwycięstwo. To jest właściwa metoda pracy – odłożył statuetkę na biurko. – A nie grzecznie odrabiać zadaną lekcję – wyrecytował, spoglądając ironicznie na dziewczynę. – Coś takiego zasługuje najwyżej na Knota Roku. Specjalnie dla ciebie, Anka, wystąpię o ustanowienie takiej nagrody... Świetny pomysł! – ucieszył się Baron.

– Nie dawała żadnego wywiadu od dobrych dwudziestu lat – odezwał się Wiktor, korzystając z momentu, gdy Baron brał oddech, aby rozpocząć kolejną tyradę. – Nikt nie miał szansy z nią rozmawiać, a z nami zgodziła się spotkać. Bogdan, to przecież wyjątkowy materiał, możemy go skrócić, dodać kilka pieprznych kawałków, dlaczego zaraz szlaban? – Rzucił szybkie spojrzenie Ani, aby dodać jej otuchy.

Baron z nieukrywaną odrazą sięgnął po jedną z kartek leżących na stole.

– *Gloria Grey wiedziała, że liczy się tylko prawdziwa sztuka...* – przeczytał, naśladując głos Ani. – Wiecie, co się liczy? – Bogdan Mrówczyński zacisnął pięść. – Złapać za jaja i tak potrząsnąć gościem, że zostanie z niego tylko wydmuszka. A potem wystawić go na żer – dodał.

– Daj spokój, Bogdan. – Wiktor próbował ostudzić atmosferę. – Nie chcesz tego wywiadu, okej. Będziesz miał inny, świat nie kończy się na jakiejś aktorce, nawet jeżeli...

– Cicho! – przerwał mu nagle Baron, spoglądając na ekran wiszącej pod sufitem plazmy.

Podkręcił głos i usłyszeli znajomy głos Adriana Klekota, który w studiu znanej z kąśliwych wywiadów dziennikarki oglądał materiał z happeningu pod Kolumną Zygmunta.

– *To nieprawdopodobne* – mówił Klekot – *grupka niesfornej młodzieży pod pretekstem odlotu bocianów* – ostatnie słowo wypluł z wyraźną niechęcią – *kpi sobie z poważnych polityków. Najwyraźniej potrzebują dyscypliny. Takie wygłupy mogą zachęcić innych do anarchistycznych zachowań.*

– *Przecież to tylko zabawa* – broniła artystów dziennikarka. – *Kilka balonów, parę manekinów... chyba nie ma pan lęku wysokości?* – Zaśmiała się złośliwie, widząc, jak lider Bocianów zahacza o Kolumnę Zygmunta.

– Pewnie zaraz pobiegnie do łazienki. Niepotrzebnie się tak ekscytuje – zarechotał Baron, pokazując zaczerwienionego z emocji polityka.

W tym momencie w kadrze pojawiła się rozbawiona twarz Ani. Mówiła coś do rudowłosej dziewczyny, wskazując stojących pod murem strażników.

– *Widzi pani* – Klekot był wyraźnie podekscytowany. – *Przekupili straż miejską...następna sprawa, w której będę musiał interweniować...*

Baron ściszył głos i gdy odwracał się w stronę Ani, na jego twarz powróciło zadowolenie.

– Byłaś tam? – zapytał ze zdumieniem. – Dlaczego nie mam z tego reportażu? Klekot... to jest temat! Dajcie mi głowę Bociana, a oddam wam równowartość w złocie. A teraz spadajcie! *Świat nie kończy się na jakieś aktorce...* – zacytował Wiktora i usiadł przy biurku, dając do zrozumienia, że audiencja skończona.

Szli korytarzem pod ostrzałem ciekawskich spojrzeń dziennikarzy, którzy zerkali na nich ze współczuciem, bo złe wieści mają to do siebie, że szybko się rozchodzą.

– Wiktor wypadł z łask – wyszeptał Adaś, pochylając się nad Mariolą. – A o tej sierocie nawet nie warto wspominać.

– Ty już dawno wypadłeś – fuknęła, odsuwając się od niego z obrzydzeniem. – Zostaw Anię w spokoju, Wiktor znów będzie na topie, zanim zdążysz się dwa razy obrócić.

– Kawa? – spytał Wiktor, obejmując Anię ramieniem.

– Kawa – zgodziła się, kierując kroki w stronę kuchenki, skąd dochodził zapach świeżo zmielonej ulubionej mieszanki szefa.

Ania usiadła na wysokim stołku i spuściła ze smutkiem głowę.

– To dobry wywiad – odezwała się cicho. – Wiesz, Wiktor, jestem pewna, że on nie ma racji.

– Każdy ma swoje racje – odpowiedział dyplomatycznie. – Z naszego punktu widzenia był dobry, z jego punktu widzenia do dupy. Takie jest życie, kotku. – Wręczył jej filiżankę z gorącą kawą. – Będą jeszcze inne wywiady, nie martw się. – Pocałował ją w nos i wsypał sobie cztery łyżki cukru.

– Nic się nie zmienia – powiedziała Ania. – Mam uczucie, że ciągle tkwimy w tej kuchence i pijemy kawę, a oko korporacji śledzi każdy nasz gest. Pewnie wystawią ci rachunek za zużycie cukru – zaśmiała się gorzko.

– Nie wracajmy do tego – poprosił Wiktor. – Było, minęło. Mówiłem ci, że bez skandali nie ma newsa. No nie patrz tak na mnie. – Zasłonił się przed nią jak przed ciosem. – Przecież już nic nie mówię. Dotknęliśmy gwiazd, pora wracać na ziemię. – Potarł brodę i odstawił pustą filiżankę. – Koniec marzeń.

Ania uśmiechnęła się ze smutkiem i chuchnęła w szybę. W matowym kółku namalowała serce i dwa inicjały: A.W. Dopiła kawę i ruszyła w stronę biurka, na którym piętrzyły się dawno nieprzeglądane papiery.

Gdy tylko zniknęła za rogiem korytarza, Wiktor wyciągnął komórkę. Otworzył książkę adresową i przewinął ją do końca. Na ekranie wyświetlił się Wyrwas.

– Cześć, Maciek, czy ta sprawa jest nadal aktualna?

16

Schody sunęły niczym powolna gąsienica, niosąc tłum zamyślonych ludzi. Ania przyglądała się z ciekawością uciekającym twarzom pasażerów znikających w chwilę później w podziemiach. Przez brudne szyby chroniące wyjście z warszawskiego metra widać było pogrążony we mgle Pałac. Przeniknął ją chłód. Wyszukane przekleństwo faceta z teczką zginęło w pomruku obracających się schodów. Wypluły ją obojętnie z resztą pasażerów prosto w listopadowy zmierzch. Spojrzała z obawą na lśniące kostki kamieni pokryte cienką warstwą lodu.

„Cholerny przymrozek – pomyślała. – Trzeba było wziąć buty na niskim obcasie...".

Ostrożnie stawiając kroki, ruszyła w stronę czającej się w mroku budowli.

Widoczne z daleka nieruchome posągi bojowników o lepszą sprawę, strzegły Pałacu niczym sfinksy piramidy Cheopsa. Nie lubiła tego miejsca. Przypomniało transgalaktyczną stację z zacumowanym statkiem celującym groźnie w niebo złotą iglicą. Nie lubiła też jego wnętrz. Niekończące się labirynty korytarzy, głuche sztolnie wind i tajemnicze przejścia zawsze budziły w niej niechęć i strach.

Ania postawiła kołnierz płaszcza, czując lodowaty podmuch wiatru hulającego na otwartej przestrzeni.

Rozsuwające się bezszelestnie drzwi wpuściły do głównego holu gmaszyska gości spieszących na pokaz. Nagła różnica temperatur sprawiła, że Ania poczuła się jak w tropiku. Zeszła po schodach do szatni, zrzucając po drodze płaszcz. Kątem oka dostrzegła kilku facetów w jednakowych garniturach. Mówili coś po cichu do małych mikrofonów ukrytych pod klapami marynarek. Wyglądało na to, że na pokazie mody pojawią się jakieś VIP–y.

Ania wyciągnęła komórkę i połączyła się z Wiktorem.

– Wik, jesteś już w środku? – spytała zdyszanym głosem. – Metro stanęło na chwilę w tunelu – mówiła, wsiadając jednocześnie do windy. – Najgorsze było to, że jakaś kobieta zaczęła krzyczeć. No wiesz, klaustrofobia... Myślałam, że dostanę zawału.

– Całe szczęście, że nie utknęłaś tam na dobre – zauważył Wiktor. – Aniu, nie mogę rozmawiać.

Usłyszała ciągły sygnał przerwanej rozmowy i dopiero teraz uświadomiła sobie, po co do niego zadzwoniła. Wpatrywała się w napięciu w migające numerki uciekających pięter. Nie znosiła jeździć windą, a obraz rosnącej pod stopami czarnej studni napawał ją prawdziwym przerażeniem. Wreszcie drzwi otworzyły się i wtedy odetchnęła z ulgą.

Wysiadła z windy tuż przed wejściem prowadzącym do sali, w której miał się odbyć pokaz najnowszych kolekcji debiutujących projektantów mody. Drogę zastąpił jej barczysty strażnik, przytrzymując stanowczo klamkę.

– Zapraszam za pół godzinki. Pokaz o siódmej. – Postukał w cyferblat zegarka. – Zresztą i tak coś tam jeszcze kombinują. Jak się zacznie punktualnie, to cud – dodał, zasłaniając sobą wejście.

– Jestem z Banialongo – powiedziała Ania, patrząc mu prosto w oczy. – Biorę udział w tym pokazie, proszę mnie wpuścić.

– Bania jakie? Babadongo? – dopytywał się strażnik. – A tam, nieważne, i tak wejście dla modelek jest od drugiej strony. – Pokazał kciukiem drzwi do garderoby ukryte w głębi korytarza.

– Wiem, ale muszę zamienić kilka słów z jedną z osób, które są tam teraz w środku – zaczynała się niecierpliwić Ania.

– No już dobra... udanego pokazu – mruknął, otwierając przed nią drzwi.

Weszła na salę, wrzucając komórkę do miękkiej zamszowej torby. Wysokie buty z frędzlami, fioletowe rajstopy, wełniane szorty w żółtozielone prążki, biały golf i haftowana w meksykańskie wzory kamizelka przyciągnęły spojrzenia kilku osób, które starały się zająć wcześniej lepsze miejsca. Magda uparła się, żeby włożyła dziś coś specjalnego, twierdząc, że najbliższa przyjaciółka musi wyglądać równie dobrze jak jej modelki.

Sala robiła imponujące wrażenie. Wybieg pokryty był czerwonym chodnikiem ciągnącym się przez długość całego pomieszczenia. Po obu stronach wznosiły się kolumny, a między nimi kręcili się oświetleniowcy, montując na statywach ostatnie reflektory. Stojące równo krzesła ciągnęły się w dwóch rzędach po obu stronach podestu.

– Próba mikrofonu! – niespodziewany ryk sprawił, że Ania prawie wypuściła z rąk torbę.

Rozległ się pisk, a potem głos niezadowolonego technika, który wychylił się zza kolumny.

– Zdejmij trochę wysokie, bo mi popękają bębenki – zaprotestował, machając ręką w stronę pochylonego nad konsolą dźwiękowca.

Ania usiadła w pierwszym rzędzie i rozejrzała się w poszukiwaniu jakichś znajomych twarzy. Najwyraźniej nikogo jeszcze nie było. Na sali panował harmider, a zestresowani projektanci biegali tam i z powrotem, robiąc ostatnie poprawki. Wiedzieli, że jesienny przegląd kolekcji może stać się dla nich przepustką do kariery.

– Gdzie są moje buty?! – wrzasnęła wysoka dziewczyna, wychylając się zza kotary, i popatrzyła na nią z wyrzutem.

– Nie wiem, gdzie są twoje buty – odpowiedziała, rozpoznając Paulę. – Dlaczego miałabym to wiedzieć?

– Trzynaście par butów! – zawołała z pretensją projektantka. – Tylko nie mów mi, że nie dojechały!

Ania obejrzała się i dopiero teraz dostrzegła zdenerwowanego chłopaka, który biegał tam i z powrotem z komórką przy uchu, słuchając czyichś słów.

– Mówię, żebyście się pospieszyli! Inaczej nici ze współpracy! Nie obchodzi mnie to! – Odwrócił się w stronę czekającej na odpowiedź dziewczyny. – Paula! Nie denerwuj się tak! Dojadą na czas! – krzyknął i umknął, korzystając z tego, że ktoś wszedł do środka.

– Przecież nie będą chodzić boso w tych swoich mundurkach! – krzyknęła jeszcze Paula i wykonała w stronę zamkniętych drzwi jednoznaczny gest. – Zwykłe granatowe półbuty, cholera, a nie mogą ich załatwić w terminie. Cholera! – powtórzyła i szarpnęła ciężką kotarę.

Rozległ się huk i na podłogę runęła wielka tablica oficjalnego sponsora imprezy.

Dwóch strażników dźwignęło ją z trudem i postawiło ostrożnie na miejsce.

– Artyści – mruknął z pogardą jeden z nich. – Jak ja nienawidzę tych typków. Zawsze są jakieś afery...

– No jesteś. – Ania nawet nie zauważyła momentu, kiedy obok pojawiła się Magda. – Musisz mnie kopnąć! – Trąciła ją w ramię. – No na co czekasz? Wstawaj i daj mi kopniaka na szczęście. – Zaśmiała się radośnie.

Ania wstała posłusznie i kopnęła ją lekko, popychając do przodu. Obcisły kombinezon Magdy, uwielbiającej kosmiczne stroje, tym razem był w kolorach jesieni. Wyglądała jak drzewo obsypane liśćmi, a jej włosy przypominały świetlne lasery, których pokaz oglądały kiedyś razem w Ogrodzie Saskim. Rude i wyprostowane, zdawały się unosić, naładowane energią ich właścicielki.

– *Piąty element!* – powiedziała z podziwem Ania, przypominając ich ulubiony film. – Jeśli twoja kolekcja choć trochę przypomina ten strój, to wszystkich wymiatasz!

– Wrzuć luz! – Magda zakręciła biodrami i wykonała kilka tanecznych kroków. – Patrz, podziwiaj, gwiżdż i krzycz, dopóki starczy ci sił – zażądała i cmoknęła ją w policzek. – No to lecę, pa!

– Próba świateł – zawołał jakiś chłopak i w tym momencie wybieg oświetliły krzyżujące się promienie.

Zgaszony fiolet, czerwień i zieleń mieszały się z jaskrawą żółcią. Światło pulsowało w rytm puszczonej na chwilę muzyki.

Na salę wkroczyło kilku facetów. Przebiegli szybko między rzędami, a jeden z nich szepnął coś do klapy marynarki. W drzwiach awaryjnego wyjścia pojawiło się kilkunastu panów w garniturach. Ania ze zdziwieniem rozpoznała słynny profil Adriana Klekota.

– Zdolna ta Paula – perorował Bocian słuchany z oddaniem przez swoich towarzyszy, którzy razem z nim prowadzeni byli przez ochronę na honorowe miejsca. – Widziałem jej projekty. Od razu chwyciła ideę. Młodzież powinna polubić ten nowy strój. Przez wzornictwo do moralności.

– Świetnie powiedziane, panie prezesie – odezwał się jeden z mężczyzn. – Świetnie. Prędzej czy później to załapią. Należy im dać szansę.

– Dlatego tutaj jesteśmy – potwierdził zadowolony Klekot. – Trzeba poprzeć właściwe trendy... rozumiecie? – upewnił się, spoglądając na swoją świtę.

– Tak jest, panie prezesie – odpowiedzieli zgodnym chórem.

Ania starała się zapamiętać tę scenę, żeby powtórzyć kręcącemu się gdzieś Wiktorowi kolejny bon mot przywódcy Bocianów.

– Czy ja jej gdzieś nie widziałem? – rozległ się przenikliwy szept Klekota, który wpatrywał się w znieruchomiałą Anię.

– Tyle osób widuje pan codziennie, panie prezesie, pewnie wielbicielka... – zarechotał obleśnie blady tłusty facet. – Zresztą nic dziwnego, że wiele się ich przy panu kręci – dodał z przymilnym uśmiechem.

– Nie przesadzaj, Mieciu. – Klekot trącił go poufale. – Nie opowiadaj takich rzeczy, bo jeszcze ktoś uwierzy.

Ania stłumiła śmiech i odwróciła się, słysząc odgłos otwierających się drzwi. Na salę wdarł się kolorowy tłum, który w ciągu kilku sekund zajął wszystkie wolne miejsca. Pierwszy rząd zajęli jurorzy, wśród których rozpoznała topowych projektantów mody. Rozległ się gwar rozmów i dziewczyna nie miała już wielkich szans usłyszeć cokolwiek więcej.

Światła przygasły i głosy ucichły, jakby niewidzialny dyrygent dał wszystkim znak, że zaraz rozpocznie się coś niezwykłego. Nagle jaskrawy promień wydobył z ciemności samotną postać młodego mężczyzny o starannie zaczesanych do tyłu włosach, w czarnym smokingu, trzymającego w ręku bezprzewodowy mikrofon.

– Panie i panowie – zwrócił się do publiczności. – Oto pokaz, który zmieni wasze życie! – rozpoczął z emfazą i nie reagując na pojedyncze śmiechy, kontynuował z kamiennym wyrazem twarzy. – Zmieni, bo choć zwykło się mówić: *Nie szata zdobi człowieka...* to dzisiejszy wieczór będzie żywym dowodem, że ten, kto tak twierdzi, głęboko się myli. – Spojrzał w stronę pierwszego rzędu i nagle na jego twarzy pojawił się szeroki uśmiech. – Widzę przed sobą żywy dowód mojej teorii. – Podszedł do Ani i wyciągnął rękę, nakłaniając ją do wstania. – Oto dziewczyna moich marzeń – powiedział, zniżając zmysłowo głos. – W kreacji, która może przyprawić o bicie serca każdego mężczyznę.

Na sali rozległy się gromkie brawa.

Ania usiadła, obserwując powracającego na wybieg Artura *Arta* Nowakowskiego. Tym razem już się nie zarumieniła. Zdawała sobie sprawę, że jego słowa tak naprawdę były tylko grą i nie wzięła ich sobie do serca. Tak doświadczony konferansjer wiedział jak rozruszać publiczność.

– Nie przywiązuję wielkiej wagi do stroju – mówił nonszalanckim tonem. – Ale, przyznajcie sami, jest super, jeśli możemy kogoś czymś zaskoczyć. I to pozytywnie. Więc aby nie ulec pokusie opisywania wam szczegółowo mojej szafy – odsunął nieco mikrofon i zaczął mówić ciszej, by uzyskać złudzenie intymności – tę przyjemność zarezerwuję dla moich słuchaczy. – Przerwał mu wybuch śmiechu. – Zapraszam na pierwszy pokaz – zawiesił teatralnie głos. – Przed państwem Paula i kolekcja *Klasa z Klasą*!

Rozległy się brawa i pełne uznania gwizdy.

– Już jesteście zaintrygowani... – Uśmiechnął się i odwrócił, aby ruszyć rozkołysanym krokiem w stronę wyjścia z wybiegu.

Po chwili na podświetlonej planszy ukazał się jego cień. Dziennikarz zdjął marynarkę i wywijając nią nad głową, przebiegł w lewo, znikając za kulisami.

Muzyka buchnęła tak niespodziewanie, że połowa gości zerwała się z foteli, aby opaść na nie, chwytając się za serce. Na wybieg wkroczyły nastolatki w granatowych kamizelkach i białych koszulach. Maszerowały w parach, trzymając się za ręce jak podczas klasowej wycieczki. Spódniczki w szkocką kratę kończyły się tuż nad kolanem, a białe podkolanówki naciągnięte na kształtne łydki świeciły w blasku ultrafioletowych laserów.

– Gimnazjalistki tak właśnie powinny wyglądać. – Mlasnął z zadowoleniem Adrian Klekot, poprawiając zsuwające się z nosa okrągłe okulary. – Porządnie, skromnie, o właśnie tak. – Zaczął bić brawo, a jego świta ochoczo przyłączyła się do oklasków.

Dziewczyny ukłoniły się, zatrzymując tuż przed rzędem VIP-ów. Polityk wpatrywał się w granatowe buciki o starannie zawiązanych sznurowadłach. Oczy mu zwilgotniały. Wyciągając dyskretnie

chusteczkę, nachylił się w stronę swojego są-
siada.

– Przypominają mi koleżanki ze szkolnych lat
– mruknął zmienionym głosem. – Też nosiły takie obuwie. Ta kolekcja jest znakomita. Proponuję
zrobić sobie z nimi zdjęcie do wiosennej kampanii.
Porozmawiaj w tej sprawie z Paulą – dodał, opano-
wując wzruszenie.

Na wybiegu pojawiła się nowa grupa nastolatek.
Tym razem miały na sobie stroje galowe. Pierwsza,
najwyższa, nosiła na głowie koronę z warkoczy,
pozostałe uczesane były w grzeczne kucyki. Ele-
ganckie marynarki i plisowane spódnice do połowy
łydki, granatowe rajstopy i białe koszule z wyhaf-
towanym na kieszonce przykładowym logo szkoły
zrobiły piorunujące wrażenie na Bocianie.

– Brawo! – Klekot zerwał się z miejsca, rozglądając na wszystkie strony. – Brawo! – krzyknął raz
jeszcze, a jego świta powtórzyła jego okrzyk.

– Porażka – jęknęła głośno, krzywiąc się z niesmakiem siedząca w pierwszym rzędzie Mamma
Praga.

Na sali zapanowała konsternacja.

– Kompletny idiota! – zawołała, wywołując huragan śmiechu publiczności po prawej stronie. –
Stary piernik ekscytuje się strojami gimnazjalistek.
I to ma być polityk? – Spojrzała na niego spode
łba.

– To jakaś wariatka – sekretarz Klekota starał się bagatelizować incydent. – Pewnie dostała się tu przez przypadek. Ja tam na pana miejscu, panie prezesie, nie zwracałbym na nią uwagi...

Czerwony ze złości Klekot bardziej niż kiedykolwiek przypominał bociana.

– To musi być prowokacja – szepnął Mieciowi do ucha. – Sprawdź ją – dodał i pomachał schodzącym ze sceny modelkom.

Po chwili krępującej ciszy w sali rozległy się grzeczne pojedyncze oklaski.

– I odleciały... – Ania parsknęła śmiechem, przypominając sobie odlot bocianów.

W świetle reflektorów pojawił się znany już publiczności prezenter radiowy, tym razem nie w smokingu, tylko w swobodnym stroju, który mógł kojarzyć się znawcom mody z najnowszymi hiszpańskimi trendami. Wąskie grafitowe spodnie, koszula w błękitne prążki z poprzecznymi falbankami, lakierowane czerwone buty o wąskich czubach i swobodna fryzura rozsypująca się na wszystkie strony.

– Wiem, że nie możecie się doczekać! – krzyknął, całkowicie zmieniając styl konferansjerki. – Niepowtarzalne, przerażające, podniecające, ekscytujące... Baniaaaaalongo! – ryknął. – Ze swoją najnowszą kolekcją *Wrzuuuuć Luz*! – zawołał, wykonując gwałtowny ruch dłonią.

Z głośników popłynął miękki głos wokalisty. *Here is a little song I wrote. You might want to sing it note for note. Don't worry be happy...* Na scenę tanecznym i zmysłowym krokiem wbiegły modelki w zaprojektowanych przez Magdę kreacjach. W odpowiedzi na pokaz gimnazjalistek grupę prowadziła grzeczna dziewczynka w obcisłym długim żakiecie, spod którego wyglądała neonowa różowa podkoszulka. Cieniutkie pończochy i granatowe sznurowane buty na nieprawdopodobnie długich nogach zwracały uwagę nie tylko pierwszych rzędów. Modelka uniosła nieśmiało brzeg spódnicy, odsłaniając kilka różyczek zdobiących pas do pończoch.

– Jest sexy – ryknął Dudi, potrząsając tęczowym irokezem. – Brawo, Valerie!

– Wychodzimy. – Adrian Klekot ostentacyjnie podniósł się z miejsca. – Nie będę oglądał tego wyuzdanego pokazu.

Świta polityka posłusznie zerwała się na równe nogi. Odwracali się jeszcze, przesuwając się tuż przed wybiegiem, bo dostrzegli interesującą zieloną koszulkę uszytą z rybackiej sieci.

Gdy dochodzili do drzwi, słyszeli jeszcze ostatnie takty *Don`t worry be happy... be happy now!* Adrian Klekot otworzył je z impetem, uderzając klamką pochylonego strażnika.

– Co pan tu robi? – spytał podejrzliwie.

– Sprawdzam, czy wszystko w porządku. – Wyprężył się jak struna. – I jest w porządku – dodał, odruchowo salutując.

– Nic nie jest w porządku – mruknął Adrian Klekot. – Gdzie tu się można odlać?

– W prawo, drugie drzwi za zakrętem. – Strażnik gotów był zaprowadzić polityka, ale Miecio powstrzymał go stanowczym ruchem dłoni.

– Sami trafimy – powiedział. – Nie potrzebujemy przewodnika.

– Nie trafimy, tylko trafię – zniecierpliwił się Klekot. – Poczekajcie tu na mnie – rozkazał i ruszył w stronę zakręcającego korytarza.

Stanął przed złotym trójkątem i bez wahania nacisnął klamkę. Kryształowe lustra odbiły jego postać, obnażając bezlitośnie malujące się na twarzy zmęczenie. Adrian Klekot odwrócił się, kierując swe kroki w stronę rzędu pisuarów. Nagle kątem oka dostrzegł jakiś ruch przy umywalkach, więc cofnął się instynktownie, zaglądając do drugiej części łazienki. Najpierw ujrzał czarne szpilki i krótką spódniczkę, następnie profil dziewczyny i długie rzęsy pociągnięte delikatnie tuszem. Potem zauważył inne szczegóły. Rozpięty guzik białej koszuli, położoną na umywalce otwartą wieczorową torebkę, z której wyglądało zaproszenie na pokaz mody.

– Pani się chyba pomyliła – odezwał się cicho. – To męska toaleta.

Dziewczyna otworzyła szeroko oczy, spoglądając na niego nieprzytomnym wzrokiem. Wyraz jej twarzy zdradzał cierpienie.

– Niedobrze mi, zaraz zwymiotuję – jęknęła, zginając się w pół, aby chwycić się kranu, który zaczął wyślizgiwać jej się z rąk.

Adrian Klekot zareagował instynktownie. Podbiegł do dziewczyny i nachylił się nad nią, łapiąc ją w pasie. Odwróciła się w jego stronę i nagle przylgnęła do niego całym ciałem. Przytrzymał ją mocniej, nie rozumiejąc, co się tak naprawdę dzieje. I wtedy wycisnęła na jego ustach długi pocałunek. W tym momencie pomieszczenie rozświetlił wielokrotnie powtarzany błysk flesza. Klatka po klatce rejestrował groteskową scenę.

W kryształowych lustrach zaskoczony Klekot dostrzegł plecy mężczyzny wymykającego się z toalety.

– Ty sukinkocie, zobaczysz, dorwę cię jeszcze! – krzyknął Bocian, wygrażając bezsilnie pięścią za uciekającym paparazzi.

Wiktor przedostał się bez trudu do wind. Schował spokojnie aparat i zagwizdał ulubiony kawałek Boba Marleya.

17

Wirujące płatki pierwszego w tym roku śniegu osiadały wolno na czerwonym berecie Ani. Szła szybkim krokiem w stronę rogu ulicy, na przystanek, gdzie za kilka minut miał zatrzymać się jej autobus. Sto pięćdziesiąt siedem spóźniał się często nawet kwadrans, gorzej było, gdy przyjeżdżał przed czasem albo w ogóle wypadał z trasy. Sezon na rower dawno już się skończył, holenderka zimowała teraz w piwnicy, a ona skazana była na łaskę i niełaskę miejskiej komunikacji.

– Uciekł – zauważył stojący na przystanku chłopak, którego znała z widzenia. – Następny za dziesięć minut.

Miała czas. Od pokazu w Pałacu rzadziej spotykała się z Magdą, która, zarzucona nowymi propozycjami, prawie nie wychodziła ze studia. Została okrzyknięta najbardziej obiecującym talentem roku, a Paula nie mogła zrozumieć, dlaczego jej

Klasa z Klasą poniosła klęskę. A teraz ten wyjazd do Francji... Czuła się tak, jakby nie miała przyjaciółki. Codzienna rutyna pracy w „Podglądzie" wpędzała Anię w depresję, a rosnąca liczba materiałów, jakimi obarczał ją Baron, jakby chciał zemścić się za wywiad z gwiazdą, zdecydowanie nie wypływała na poprawę humoru.

Co z tego, że Mariola, przeczytawszy jej artykuł, musiała dwa razy sięgać po chusteczkę, aby otrzeć łzy? Powiedziała potem, że to najwspanialsza opowieść, jaką czytała w swoim życiu. I zasługuje na więcej niż jakiś podrzędny dodatek.

Cóż z tego, że nawet wredny Adaś nie odmówił jej talentu, a portret Glorii obleciał lotem błyskawicy kilka warszawskich redakcji? Nic. Wiktor obiecał, że powrócą do tematu, tymczasem artykuł leżał od kilku tygodni w szufladzie. W głębi ducha oczekiwała, że Gloria odezwie się do niej po otrzymaniu ostatecznej wersji do autoryzacji i powie jej coś osobistego, co pozwoli Ani przełknąć porażkę i zapomnieć o upokorzeniu.

„Może ona go przynajmniej doceni..." – pocieszała się w myślach, lecz telefon milczał jak zaklęty, a nie wypadało narzucać się gwieździe, która i tak okazała im wiele zaufania i cierpliwości.

Biały puch pokrywał wszystko. Nawet samochody zdawały się cichsze, a ich klaksony milkły gdzieś w zimowym pejzażu. Gdyby nie to, że uwielbiała moment, kiedy padał pierwszy śnieg, nie wyszłaby pewnie z domu, tylko machnęła na to wszystko ręką.

Przejechała palcem po wystawowej szybie, zbierając zimne drobinki, które rozpuściły się natychmiast na jej dłoni. Starszy pan z zaprzyjaźnionego kiosku wyszedł na ulicę w samym swetrze i pomachał do niej ponaglająco, zapraszając do siebie. Ania pokręciła przecząco głową, ale uległa mu, zauważając malujące się na jego twarzy rozczarowanie. Przeszła na drugą stronę ulicy, zerkając nerwowo na zegarek.

– Widziała pani? Coś podobnego! – zaczął już w progu, otwierając przed nią szeroko drzwi.

– „Podgląd" zdemaskował starego lubieżnika. O, tutaj! – Stuknął palcem w płachtę gazety, gdzie na pierwszej stronie widniał rzucający się w oczy krzykliwy tytuł: *Adrian Klekot w ramionach początkującej wokalistki.* Pod spodem, mniejszymi literami, redakcja zadawała retoryczne pytanie: *Od kiedy bociany lubią figi?*

Obok wydrukowane było zdjęcie parlamentarzysty w ramionach roznegliżowanej Andżeliki. Klekot zajęty był namiętnym pocałunkiem. Intymność chwili nie budziła żadnych wątpliwości co do łączących ich poufałych stosunków.

Ania pochyliła się nad artykułem i dopiero wtedy dostrzegła nazwisko Wiktora, który okazał się autorem sensacyjnych zdjęć i krótkiego komentarza.

„Dlaczego nic mi nie powiedział?" – zastanowiła się zaskoczona, przebiegając wzrokiem pierwsze linijki tekstu.

W artykule powołującym się na dobrze poinformowane źródła pojawił się gorący news o domniemanym romansie początkującej wokalistki ze znanym ze swoich konserwatywnych poglądów posłem. Liczne zdjęcia Figi, między innymi z występów w Kameleonie, urozmaicały skandalizujący tekst pełen hipotez na temat okresu trwania związku i konsekwencji romansu dla kariery politycznej Adriana Klekota.

Ania spojrzała na kioskarza nieprzytomnym wzrokiem.

– Coś podobnego?! – powtórzył, kręcąc z niedowierzaniem głową. – Sama pani widzi... W tym kraju dawno nie ma już świętości, ale powinny być chociaż jakieś granice. Dobierać się do takich podfruwajek to lekka przesada.

– Ona też chyba nie należy do świętych... – Ania pamiętała jej występ na wernisażu i wiedziała, że asceza raczej nie jest specjalnością gwiazdki.

– Może za to ładnie śpiewa – zainteresował się nagle kioskarz – bo ładna to ona jest, na pewno. – Przybliżył nos do fotografii, nie mogąc znaleźć okularów. – Eee...obejrzę później. Bierze pani?

– Dostanę w redakcji – odpowiedziała. – Niech pan schowa, pewnie zaraz będą szły spod lady. – Uśmiechnęła się, naciskając klamkę.

Gdy otworzyła drzwi, gwałtowny podmuch wtargnął do kiosku, poruszając płachtami gazet. Wyszła, zamykając je starannie, żeby nie wpuszczać zimnego powietrza.

Spóźniony autobus odjeżdżał właśnie z przystanku, a znajomy chłopak bezradnie rozkładał ręce, stojąc w oknie niskopodłogowego ikarusa.

Przez chwilę widziała jeszcze na długim boku autobusu reklamę jej tygodnika z charakterystycznym okiem i hasłem: *Podglądaj razem z nami*.

„Żałosne!" – pomyślała i pokręciła z niedowierzaniem głową, biegnąc w stronę postoju, gdzie czekał długi rząd taksówek.

18

– Domyślasz się pewnie, dlaczego cię tu zaprosiłem? – Baron wskazał fotel tuż przy biurku, co było wyraźnym dowodem, że jego gość cieszy się specjalnymi względami. – Wiesz, co chcę ci powiedzieć? – dopytywał się, patrząc z przebiegłym uśmieszkiem na swojego pupilka, który rozsiadł się naprzeciwko w czarnym skórzanym fotelu.

– Mam kilka pomysłów... ale nie jestem pewien... – odpowiedział z udawanym wahaniem Wiktor.

Baron wybuchnął tubalnym śmiechem.

– Ty draniu, w czarowaniu to nikt cię nie przebije, miałem nosa, cholernego nosa, że ciebie tu ściągnąłem.

Wiktor zerknął na stojącą na blacie statuetkę Peryskopa, w której odbijało się światło mosiężnej lampy palącej się dzień i noc w gabinecie naczelnego. Rzucony obok numer najnowszego „Podglądu" ze zdjęciami jego autorstwa nosił ślady wielokrotnej lektury.

– Nawet nie wyobrażasz sobie, chłopie, jaki nam zrobiłeś prezent. – Naczelny poderwał się zza biurka. – Wolność mediów, niezależność prasy, prawo czytelnika do wolnego wyboru... wszystko to zagrożone było przez tę kreaturę! – Wskazał znajomą twarz na swojej słynnej tablicy. – I wiesz, co? – Zbliżył się do Wiktora. – Dzięki tobie może nam naskoczyć! Jest skończony! Nie mogłeś zrobić mi lepszego prezentu pod choinkę. – Baron pochylił się niespodziewanie i chwycił go w objęcia. – Dziękuję!

Wiktor wywinął się zgrabnie z czułego uścisku redaktora naczelnego. Podszedł do korkowej tablicy i stuknął palcem w zdjęcie Klekota.

– To co, skreślamy? – zaproponował z przekornym uśmieszkiem, sięgając po gruby flamaster.

– A może porzucamy. – Baron odwrócił się i wybrał ze swojej kolekcji ulubioną lotkę.

Na wszelki wypadek Wiktor odsunął się od tablicy. Znaleźć się na linii strzału pomiędzy tymi dwoma panami mogłoby się okazać zbyt niebezpieczne.

Świst lecącego pocisku przeciął powietrze i lotka wbiła się prosto w czoło Bociana.

– Nareszcie! – krzyknął naczelny, który od lat trenował darta, ale jego miłość do tego sportu nigdy nie została odwzajemniona.

– Uważaj, Bogdan, na ekologów, bo mogą mieć do ciebie uzasadnione pretensje – zaśmiał się Wiktor i wyjął lotkę, wręczając ją Baronowi. – Już go dla ciebie upolowałem, nie bądź krwiożerczy...

– Siadaj jeszcze na chwilę, to sobie pogadamy. – Baron poklepał go dobrodusznie i wykonał zapraszający gest. – Wiesz, ten świętoszkowaty typ zawsze wydawał mi się podejrzany, tego nie wolno, tamtego nie wolno... – Naczelny zrobił minę niewiniątka, udając Klekota, czym sprowokował Wiktora do śmiechu. – Zupełnie jak jakaś panienka... a tymczasem – Baron wyraźnie rozkoszował się zemstą – romansuje z taką lalą. – Przerzucił leżący na biurku numer pisma, zatrzymując się na portrecie Figi. – Uwierzyłbyś? Taka laska z Klekotem? Pasuje do niej jak pięść do oka – zarechotał. – Swoją drogą, jak ty to, Wiktor, wyczaiłeś? Miałeś przeciek?

– Tajemnica zawodowa – odparł Wiktor. – Kwestia nosa. – Zaśmiał się, przypominając mu jego niedawne słowa.

– Nie mam już tego nosa co kiedyś... – westchnął naczelny, spoglądając z wyraźnym sentymentem na stojącą statuetkę. – Mam też apetyt na coś innego. – Czujnie spojrzał na Wiktora. – Ty za to jesteś głodny krwi! Moglibyśmy mieć sobie tyle do powiedzenia...

Ostry dzwonek telefonu wdarł się w intymność rozmowy. Baron zerknął na wyświetlacz i widząc numer, rzucił Wiktorowi wiele mówiące spojrzenie.

– Zuza? – Nacisnął guzik gabinetowego aparatu.

– Cześć – rozległ się głos pani prezes. – Jest tam u ciebie bohater?

– Tak, świętujemy... Może wpadniesz – zaproponował naczelny.

– Dawaj go tu do mnie! – rzuciła krótko. – Natychmiast.

Pani prezes rozłączyła się, nie czekając na odpowiedź.

– Zaczynają się gratulacje, co? – zapytał niepewnie Baron, lecz po chwili śmiał się już serdecznie do wstającego Wiktora. – Żeby ci tylko woda sodowa nie uderzyła. – Chwycił jego rękę i spojrzał mu prosto w oczy. – Pamiętaj, kto cię tu wkręcił...

Ania kątem oka dostrzegła pędzącego korytarzem Wiktora. Najwyraźniej bardzo mu się spieszyło, bo nawet jej nie zauważył.

– Hop, hop! – zawołała. – Tu jestem!

Wiktor zawrócił i machinalnie pocałował ją w nos.

– Lecę na Parnas. – Podniósł znacząco palec, wskazując sufit.

W „Podglądzie" oznaczało to jedno: wizytę w zarządzie mieszczącym się dwa piętra wyżej nad redakcją. Dziennikarze rzadko tam bywali, a jeżeli nadarzała się taka okazja, zaraz potem ktoś leciał w dół, a ktoś windowany był do góry. Koło Fortuny mawiała Mariola, która w swojej krótkiej karierze zaliczyła i jedno, i drugie.

– Wiktor, dlaczego mi nie powiedziałeś? – Ania zlekceważyła jego pośpiech. – Wszyscy o tym mówią, podobno podciąłeś Bocianowi skrzydła...

– To miała być niespodzianka. Sam mi wlazł w obiektyw – tłumaczył się Wiktor.

– Ależ to absolutna bomba! – Ania rzuciła mu się na szyję. – Tym razem Magda będzie zachwycona... Gratuluję!

– Aniu, nie teraz... – Wymknął się z jej uścisku, wyraźnie przebywając już gdzieś indziej. – Bogowie nie lubią czekać...

– Raczej harpie... – mruknęła pod nosem.

Nawet jej nie pocałował, choć nigdy nie zaniedbywał tego rytuału. Dłuższym lub krótszym rozstaniom zawsze towarzyszył pożegnalny pocałunek. Tym razem jednak umknął do czekającej windy.

Na każdym polowaniu, kto jak kto, ale Wiktor dobrze o tym wiedział, są drapieżniki i ofiary. Instynkt podpowiadał mu, że po raz pierwszy mógł stać się ofiarą.

Drzwi zamknęły się bezszelestnie za jedynym pasażerem, który wysiadł na ostatnim piętrze budynku. Hol był pusty, tylko stojąca w rogu choinka pulsowała światłami, zachęcając do wejścia głębiej, tam gdzie widać było uchylone drzwi gabinetu prezesa. Ogromne okna ciągnące się przez całą ścianę odsłaniały zimowy pejzaż miasta.

Wiktor spojrzał na pustą recepcję, uświadamiając sobie, że nikt tam już nie siedzi. Łaskawa pani prezes musiała zwolnić do domu recepcjonistkę, wychodząc widocznie z założenia, że dzisiaj nie będzie jej potrzebna. W oknach budynku naprzeciwko widać było poruszające się cienie niewyraźnych sylwetek.

Odwrócił wzrok, zerkając na połyskujące na różowej ścianie ogromne oko korporacji. Przez chwilę miał uczucie, że mruga do niego porozumiewawczo, ale złudzenie prysło, bo w drzwiach gabinetu pojawiła się Zuza. Na jego widok złożyła ręce i zaczęła klaskać.

– Brawo, brawo, brawo... – Wykonała zapraszający gest. – Chodź do mnie, chyba się nie boisz? – Rozejrzała się wokół. – Jesteśmy sami?

– Na to wygląda – odparł Wiktor i wszedł do wielkiego, niemal ascetycznie urządzonego gabinetu.

Minimalistyczne meble z metalu i szkła sprawiały wrażenie chłodu i nieprzystępności. Każdy, kto tu wchodził, musiał natychmiast odczuwać dystans i niepokój.

Zuzanna usadowiła się w obrotowym fotelu.

– To co? – zapytała prowokacyjnie. – Kolejny skalp do twojej kolekcji?

Zwykle Zuza wydawała mu się czytelna, jednak dzisiaj po raz pierwszy nie był pewny jej intencji.

– Nie zbieram skalpów, zresztą i tak był łysy – Wiktor wysilił się na dowcip, usiłując narzucić luźny styl rozmowy, w którym nie miał sobie równych.

– Opowiedz lepiej, jak polowałeś na swoją zwierzynę? – zagadnęła Zuza, obracając w dłoniach długi zdobiony nóż do przecinania kartek.

– Nie ma o czym mówić, sama wpadła w sidła – odpowiedział ostrożnie.

– Nie żartuj sobie – kontynuowała. – Każdy doświadczony myśliwy ma swoje metody. Wysiadywałeś na ambonie czy urządziłeś klasyczną nagonkę? A może na przynętę? – przechyliła głowę, okazując wyraźne zainteresowanie.

– Zuza, daj spokój, gdybym cię nie znał, pomyślałbym, że jesteś zapalonym myśliwym.

Zuzanna leniwym ruchem sięgnęła po laptopa stojącego na szklanym blacie biurka.

Kątem oka zauważył na pulpicie folder ze swoim imieniem.

– Lubię polowania – powiedziała cicho. – Wyostrzają zmysły. Poza tym ten dreszczyk emocji. – Spojrzała znacząco na Wiktora. – Zresztą, komu to mówię, sam najlepiej wiesz. – Jednym gestem odwróciła w jego stronę laptopa. – Ściągnęłam całą serię. Skorzystałam z hasła, które dałeś mi kiedyś do swojego archiwum, chyba nie masz nic przeciwko temu? A może to jakaś tajemnica? – spytała, spoglądając mu niewinnie w oczy.

– Ależ Zuza, przed kim jak przed kim, ale przed tobą nie mam tajemnic. Zresztą – przyznał po chwili – to twoje prawo...

– Tak... – mruczała do siebie, przerzucając kolejne zdjęcia. – Co my tu mamy?

Pochylili się razem nad ekranem i Wiktor ujrzał pierwsze z serii zdjęć zrobionych w pałacowej toalecie. Młoda dziewczyna w zadartej do połowy uda spódnicy, z widoczną podwiązką, w objęciach starego polityka.

Kolejne kliknięcia płynnie odsłaniały następujące po sobie kadry pałacowej sesji. W zwolnionym tempie przesuwały się przed Wiktorem dobrze znane mu obrazy. Polityk obejmujący ramieniem dziewczynę. Figa wyciskająca pocałunek na ustach oszołomionego Klekota. Przymknięte oczy kompletnie zaskoczonego mężczyzny.

– Robią wrażenie – mruknęła Zuza. – Lecz co my tu jeszcze mamy?

– Dalej już tylko śmieci – bagatelizował Wiktor, wyraźnie niechętny kontynuowaniu pokazu.

– Czasem w śmieciach lądują rzeczy najważniejsze – zaprotestowała Zuza i kliknęła kolejne ujęcie.

Tym razem obiektyw skierowany był na terakotę pałacowej łazienki, ułożoną w czarno-białą szachownicę. Wyglądało to tak, jakby autor fotografii nie zdążył wyłączyć funkcji poklatkowych zdjęć, więc aparat pracował dalej.

Ostatnie z serii ujęć przedstawiało rząd kryształowych luster. Odbicie flesza było tak mocne, że prześwietlało cały przypadkowo zrobiony kadr.

– Mówiłem, że śmieci – powtórzył Wiktor.

Zuza jednak nie rezygnowała. Najechała teraz na kadr kursorem myszki i zaczęła powiększać obraz. Piksele stawały się coraz bardziej widoczne, a z matowego lustra zaczęły wyłaniać się kabiny. W jednej z nich, w uchylonych drzwiach, można było dostrzec głowę jakiegoś mężczyzny.

– Nie byliście sami... – skomentowała Zuzanna, nie zwracając uwagi na milczącego Wiktora, który od chwili, kiedy pokazała mu ostatnie zbliżenie, nie wykrztusił z siebie ani jednego słowa.

– Nic nie widać – odezwał się Wiktor.

– Poradzimy sobie z tym – odpowiedziała Zuza, przeniosła wybrany fragment do edytora i błyskawicznie wyostrzyła obraz.

Zza uchylonych drzwi klozetowej kabiny spoglądała na nich twarz Wyrwasa.

Zapadła cisza.

– Polowanie na przynętę – po chwili milczenia skonstatowała Zuza.

Wiktor zaczerwienił się i wzruszył ramionami, nie mogąc opanować nerwowego śmiechu.

Wiedział, że jest skończony. Kto jak kto, ale urocza pani prezes w sprawach zawodowych nie miała sentymentów. Odkryła jego manipulację i chciała w elegancki sposób podziękować mu za kilkuletnią współpracę, wystawiając wilczy bilet.

– Za coś takiego nie przyznaje się Peryskopa – mówiła Zuza z troską w głosie. – Najwyżej medal dziennikarskiej hieny. Chyba nie o to ci chodziło?

– Miało być inaczej. – Wiktor zacisnął usta. – Zupełnie inaczej...

– Nie martw się, wykasowałam to zdjęcie z twojego archiwum, zresztą kto by zwracał uwagę na takie drobiazgi...

Poderwał gwałtownie głowę, spoglądając na Zuzę ze zdumieniem.

– Porozmawiajmy lepiej o przyjemnych sprawach. Mam dla ciebie, Wiktor, propozycję – przysunęła się bliżej, jakby to, co chciała mu powiedzieć, wymagało szczególnej dyskrecji. – Korespondent naszej gazety w Londynie... Co ty na to? Spodobałeś się tam na górze. Pamiętasz tych facetów, którzy przyjechali dwa miesiące temu? Zauważyli cię – wyszeptała. – I to nie tylko oni, inni też znają twoje materiały.

– Ale Zuza... – Wiktor usiłował coś powiedzieć, lecz położyła mu palec na ustach, nakazując milczenie.

– Zaczynamy od wielkiej sylwestrowej imprezy w centrali, będą wszyscy... Potem leczymy kaca i do roboty... – Uśmiechnęła się do niego i okrążając biurko, siadła wygodnie w prezesowskim fotelu. – Będzie nam się dobrze pracowało... Tak się składa, że mam roczne szkolenie w centrali. Wiesz... zawsze łączył nas profesjonalizm... a może nie tylko...

– To prawda, świetnie się rozumiemy – mruknął w odpowiedzi Wiktor, usiłując zebrać myśli.

– Firmy nie stać na dwa mieszkania – kontynuowała rzeczowym tonem. – Wynajmiemy jeden apartament, ale z widokiem na Tamizę... – dodała rozmarzonym tonem.

– Sylwester odpada, zarezerwowałem już Ibizę – odezwał się niespodziewanie Wiktor. – Wybacz, Zuza, ale...

– Szkoda, myślałam, że poważnie traktujesz swoją pracę. Nawet sobie nie wyobrażam, co by się stało, gdyby ktoś dowiedział się o tej niefortunnej wpadce. – Wyglądała na prawdziwie zmartwioną. – Baron byłby zawiedziony, tak bardzo chciał wyrównać rachunki z Bocianem... Nie chcę myśleć o tym, co mógłby poczuć... nieuczciwy dziennikarz, w dodatku jego protegowany...

Wiktor zerwał się z miejsca.

– Zuza, przecież mówiłaś, że to drobiazg, a poza tym, zrozum, obiecałem Ance...

– Kocha, to poczeka – powiedziała z pobłażaniem.

– Zresztą zabierz swoją dziewczynkę na wyspę. Wszystkie drogi prowadzą do Rzymu, a z Ibizy nawet bliżej do Londynu...

– Zuzanna, przepraszam, ale muszę lecieć, dziękuję ci za wspaniałą propozycję – wyrzucił z siebie Wiktor i ruszył w stronę drzwi.

– Przemyśl to, Wiktor. Masz w rękach klucz do kariery. Taka sytuacja szybko się nie powtórzy... – Spojrzała na niego uważnie, jakby chciała sprawdzić, jakie wrażenie wywarły na nim jej słowa.

Zdążył jeszcze wykrztusić *cześć* i świąteczne *wszystkiego najlepszego*.

Winda mijała kolejne piętra i z każdą chwilą czuł, że wolałby z niej nigdy nie wysiadać.

Gdy drzwi otworzyły się, pierwszą rzeczą, którą zobaczył, był tort stojący na ladzie recepcji.

– To dla ciebie, Wiktor – powiedziała Mariola. – Baron się szarpnął, przed chwilą przywieźli. Dawno nie był w tak euforycznym nastroju. – W tej samej chwili dostrzegła jego bladość i nieprzytomne spojrzenie rozbieganych oczu. – Coś się stało? – spytała zaniepokojona. – Wyglądasz, jakbyś zobaczył ducha.

– Pewnie nie spodobał się prezent pod choinkę. Nie wystarczyła mu gigantyczna premia od Barona – rzucił kąśliwie praktykant Adaś. – Pupilkowi puściły nerwy, co?

Wiktor odwrócił się plecami i nacisnął przycisk przywołujący windę.

– Wiki, dokąd idziesz, przecież jest tort! – usłyszał zdumiony głos Ani. – Stało się coś?

– Nic się nie stało, chcę się przejść – rzucił przez ramię i nie czekając na odpowiedź, wskoczył do windy. Odwrócił się, czując na sobie wzrok Ani, która zrobiła krok w jego stronę, ale zatrzymała się, widząc, jak na nią patrzy. – Zresztą muszę przed świętami odwiedzić ojca – powiedział nagle i zanim zdążyła odpowiedzieć, drzwi zamknęły się bezszelestnie, odcinając go od reszty świata.

19

Wiktor powracał ze swojej kolejnej wielkiej ucieczki. Zdążył już przyzwyczaić Anię, że kiedy miał problem, który go przerastał, zabierał to, co miał po ręką, i wsiadał do pierwszego lepszego pociągu jadącego na południe. Ukrywał się wtedy w swoim pokoju z dzieciństwa – w szarej kamienicy – gdzie czekała na niego stara rozstrojona gitara. Tylko tam, uderzając w rozciągnięte struny, potrafił ułożyć sobie na nowo wszystko po kolei w rozsypującym się co jakiś czas życiorysie. A moment był naprawdę trudny, z jednej strony, trzymająca go w szachu Zuza, z drugiej, ufająca mu bezgranicznie Ania, która o niczym nie miała pojęcia.

Przyzwyczaił się, chcąc sprostać oczekiwaniom różnych ludzi, do balansowania na cienkiej linie, ale czuł, że tym razem opuściło go szczęście i będzie musiał dokonać wyboru.

Senne krajobrazy przesuwały się za oknami jadącego wolno samochodu. Poruszające się rytmicznie wycieraczki zgarniały śnieg z szyb białego mercedesa, który od czasu do czasu tracił przyczepność, ślizgając się po oblodzonej drodze. Janek zaklął cicho, po raz kolejny delikatnie wciskając pedał hamulca, żeby nie wypaść z trasy.

– Pieprzony taniec na lodzie – mruknął.

– Nie zawsze jest taniec z gwiazdami – odparł Wiktor rozparty na tylnym siedzeniu.

– Nie mogłeś wybrać sobie lepszego czasu na powrót do Warszawy?

– Musiałem odwiedzić starego, należy mu się to, przynajmniej raz w roku... – dodał tonem usprawiedliwienia Wiktor.

– Trzeba już było zostać z ojcem na Wigilię, a nie szarpać mnie przez pół kraju – zauważył przytomnie Janek.

– Poradzi sobie – zbagatelizował Wiktor. – Poza tym obiecałem Ani, że wrócę. Wspólna Wigilia, no wiesz... dziewczyny przywiązują do tego wagę...

– I dobrze – podsumował Janek. – Rodzina to podstawa. Bez niej jesteś sam jak palec. Nic, tylko zachlać się na śmierć. Moi czekają już przy zastawionym stole. Nie odważą się dotknąć barszczu, póki nie przyjadę – chełpił się, myśląc z czułością o wiernej, choć wkurzającej go na co dzień żonie, która towarzyszyła mu już od dobrych dwudziestu pięciu lat.

– Zdążymy? – zapytał Wiktor.

– Mnie pytasz? – zaśmiał się pod nosem Janek.

– Czy kiedyś nie zdążyłem na czas?

Rozrzucone domy wyglądały jak na świątecznych widokówkach. W ogródkach świeciły się na choinkach kolorowe lampki, a w położonych blisko drogi rezydencjach widać było zawieszone na drzwiach zielone wieńce z gałązek jodły.

Janek zatrzymał się przed szlabanem przejazdu kolejowego. Migocące wściekle pomarańczowe światła ostrzegały przed nadjeżdżającym pociągiem. Po obu stronach rozciągały się przykryte śniegiem pola poprzecinane czarnymi pasmami zamarzniętej ziemi.

Z budki dróżnika wyjrzeli ciekawie dwaj chłopcy. Najwidoczniej spędzali wieczór wigilijny z ojcem, który nie mógł opuścić swojego posterunku. Przejeżdżające pociągi były doskonałą okazją do zabaw, więc wymknęli się cicho na dwór i po chwili jeden z nich lepił już ogromne śnieżki, a drugi wypatrywał na horyzoncie zbliżającego się składu wagonów. Najwyraźniej szykowali się do bombardowania.

Wiktor uchylił okno, bo w samochodzie zrobiło się gorąco jak w saunie. Janek miał zwyczaj powtarzać, że lepiej się przegrzać niż zamarznąć.

Z budki wyskoczył mężczyzna w kolejarskim mundurze.

– Wracajcie, ale już! – wrzasnął, ciągnąc za szalik mniejszego z chłopców. – Psia wasza mać, nie mogli sobie znaleźć lepszej zabawy...

W jednej chwili powróciły do Wiktora dawno zapomniane obrazy. Miał wtedy osiem lat i biegł z kolegami do szkoły. Ślizgał się na lodzie, który pojawił się tego ranka na nierównych płytach chodnika. Po prawej stronie wznosiły się hałdy węgla, a za nimi rozciągały się budynki kopalni. Nagle jeden z chłopców rzucił propozycję, aby wspięli się na tę najwyższą. Ten, który zwycięży, oddaje innym po szklanej kulce ze swojej kolekcji. Zbierali je namiętnie, aby grać i wygrywać. A czasem, gdy zabawa zaczynała im się nudzić, brali swoje kulki i stawali na wietrze, unosząc do góry, aby spojrzeć przez nie na otaczający ich świat. Wiktor czuł się wtedy jak podróżnik zdobywający nieznane lądy. Badał swój skarb, wiedząc, że kryje się tam tajemniczy świat kolorowych przestrzeni.

Pamiętał ciężar tornistra i trud wpinania się po osuwającym się drobnym węglowym żwirze. Nie zwracał uwagi na to, że ma brudne spodnie, a jego dłonie stają się coraz bardziej czarne. Nie czuł grudek lodu, które wbijały mu się boleśnie w kolana. Gdy zdobył szczyt, krzyknął tak głośno, że siedzące na nagich gałęziach ptaki zerwały się do lotu, strącając świeży śnieg zalegający w konarach drzewa.

Nigdy potem nie był tak szczęśliwy. Nawet spóźnienie do szkoły i nałożona przez nauczycielkę kara były niczym wobec tej radości. Siedział po lekcjach w pustej klasie i ściskał bez końca trzy kulki, z których dwie były łupem zwycięzcy.

Po przejeździe przemknął pociąg, wydając przeciągły gwizd.

– Gdzie się podziewasz? – wypowiedziane przez Janka słowa sprawiły, że powrócił z dalekiej podróży.

– Dawne dzieje, nie ma o czym gadać... – mruknął Wiktor i zamknął powoli okno.

– Powrót na stare śmieci, co? – rzucił domyślnie Janek. – Pewnie przypomniały ci się jakieś siksy, które podszczypywałeś po kątach?

– To też – zaśmiał się Wiktor – ale częściej nawalałem się z kolegami...

Szlaban powędrował w górę i stary mercedes miękko przetoczył się po przejeździe. Dwaj chłopcy pomachali im na pożegnanie, wyglądając przez zakurzone okno niewielkiej budki.

– U mnie każdy chłopak musiał przejść chrzest bojowy. – Janka wzięło na wspomnienia. – Jak się nie prał kilka razy dziennie, jego dni były policzone. Prawo dżungli. Wygrywają tylko twardziele. – Spojrzał na czerwone światełko sygnalizujące brak paliwa. – Psiakrew! Ale pije! Muszę wreszcie zamontować butlę z gazem, bo inaczej ta bryka puści mnie z torbami. – Poprawił się w siedzeniu, zauważając we wstecznym lusterku oślepiające światła doganiającego ich bmw. – Jedź, palancie! – krzyknął, wykonując jednoznaczny gest. – Spieszy ci się na tamten świat? Proszę, droga wolna – dorzucił, zjeżdżając na pobocze. – Dupek jeden – wymamrotał.

– Wyluzuj, pewnie chce dogonić pierwszą gwiazdkę... – roześmiał się Wiktor.

Janek prowadził ostrożnie, obserwując pokrytą warstwą świeżego śniegu drogę. Po kilku kilometrach zatrzymał się przy jasno oświetlonej stacji. Wysiadł z samochodu, podchodząc do kręcącego się tam mężczyzny w firmowym kombinezonie.

– Do pełna! – Przez zamknięte okno słychać było stłumiony głos Janka. – Przetrzyj jeszcze szyby, tylko dokładnie – dodał i ruszył rozkołysanym krokiem w stronę kasy.

Wiktor wyciągnął z kieszeni komórkę i wybrał numer Ani. Na ekranie pojawił się komunikat *Brak zasięgu*.

– Co masz taką minę, jakby ci ktoś rąbnął sprzed nosa nagrodę. – Janek wyraźnie rozbawiony zaglądał przez uchylone drzwi, podając mu kubek z gorącą kawą. – Trzymaj, tylko uważaj, abyś się nie poparzył. – Spojrzał na wyczyszczoną przednią szybę i sięgnął do kieszeni. – Masz, kup sobie coś pod choinkę. – Wcisnął mężczyźnie zwinięty banknot i usiadł za kierownicą.

Uruchomił samochód i wyjechał na główną drogę. Za zakrętem pojawiła się tablica z informacją, że do Warszawy pozostało jeszcze równe pięćdziesiąt kilometrów.

Z naprzeciwka nadjeżdżały śnieżne pługi. Wiktor wyjrzał przez okno, spoglądając na zbliżające się wielkie maszyny. Miarowy ruch ich łopat sprawił, że przymknął powieki. Oparł się wygodniej o skórzane siedzenia kanapy i zapadł w płytki sen.

Poczuł ciepło na policzkach i ujrzał siebie w koszuli o przydługich rękawach. Miał siedem lat. Siedział przy stole przykrytym białym obrusem. Czekał na mamę krzątającą się jeszcze w kuchni. Usłyszał skrzypienie podłogi i w progu pojawił się ojciec. Podszedł wolnym krokiem i usiadł na krześle.

– Tato, dlaczego mama dzisiaj taka uroczysta? – usłyszał swój głos.

– Dzisiaj niedziela, Wik – w głosie ojca pojawiło się znużenie. – Będzie prawdziwkowa. Mama sama nazbierała grzybów na twoją ulubioną zupę, nie cieszysz się?

– Tak, tato – odpowiedział odruchowo, robiąc ukradkiem kulkę ze świeżego chleba.

Teraz zobaczył mamę stawiającą na stole wazę z dymiącą zupą.

– Jedzcie, ja odchodzę – powiedziała, zdejmując z oparcia krzesła odświętny żakiet.

Nie mógł dobiec do okna, nogi odmawiały mu posłuszeństwa. Gdy wreszcie przy nim stanął, ujrzał przed domem luksusowy samochód otoczony wianuszkiem dzieci, które zdążyły przybiec z sąsiednich podwórek. Mama z jedną walizką wsiadała do środka, uśmiechając się do kierowcy ukrytego w cieniu. Samochód ruszył i gdy przejeżdżał obok okna, Wiktor ujrzał jeszcze twarz mamy. Poruszała ustami, posyłając mu całusa.

– Tato, dlaczego mama nie je z nami zupy? – spytał, odwracając się od okna.

– Jedz, póki ciepła, kiedyś zrozumiesz – odpowiedział po chwili milczenia ojciec.

Poczuł, jak coś go dławi w gardle. Otworzył gwałtownie powieki. Jaskrawa biel latarń oświetlających drogę wjazdową do miasta poraziła jego oczy.

– Już Warszawa? – zapytał nieprzytomnie.

– Za kwadrans wylądujesz w objęciach swojej pani – odpowiedział Janek. – A moi już pewnie czekają z barszczem...

Przed nimi pojawiły się rogatki miasta.

20

Pachniało miodem, drzewem i pastą do podłogi. Stojąca w rogu pokoju choinka ozdobiona była ręcznie malowanymi bombkami, które Ania kupiła kiedyś z Wiktorem w Muzeum Etnograficznym w czasie jednej z przedświątecznych wypraw. Uwielbiała ten czas, kiedy inni ludzie owładnięci gorączką zakupów biegali po centrach handlowych, a oni spacerowali po Starym Mieście i zaglądali na wszystkie ludowe stragany, gdzie można było znaleźć oryginalne ozdoby choinkowe. Trzymali je w pudle na pawlaczu i co roku dochodziła jedna albo dwie, z którymi związana była jakaś zabawna czy wzruszająca historia.

Ania uśmiechnęła się, wspominając pokrytą brokatem gwiazdę z ukruszonym jednym rogiem. Od razu wpadła jej w oko, ale mieli w domu dziesięć podobnych, więc zrezygnowała, bo kupowanie kolejnej byłoby lekką przesadą. Są jednak przedmioty, które raz ujrzane sprawiają wrażenie, jakby czekały na nas od dawna. Ania nie mogła pozbyć się tego uczucia. Chciała po nią wrócić, kierowana niezrozumiałym impulsem żalu, ale nie mogła jej już znaleźć wśród dziesiątek innych ułożonych w dużych kartonowych pudłach na świątecznych stoiskach. Dopiero w domu odkryła, że przez przypadek kupił ją Wiktor.

W ten oto tajemniczy sposób gwiazdka znalazła do niej drogę i odtąd Ania myślała, że jeśli przyniósł ją Wiktor, to i on sam nie pojawił się w jej życiu przypadkiem. Śmiała się z tego, ale nie ukrywała swojej wiary w przeznaczenie. Teraz gwiazdka zajmowała honorowe miejsce na szczycie choinki.

Spojrzała na zegar, odkrywając, że już kilka minut po ósmej, i w tej samej chwili rozległ się dzwonek. Pobiegła otworzyć drzwi i wpadła w objęcia Wiktora, który podniósł ją wysoko i okręcił kilka razy, zanim postawił na podłodze.

– Jestem! – zawołał z tryumfem. – Janek wiózł mnie prawie na sygnale. – Domagał się pochwały.

– Chodź – Ania ciągnęła go za rękę, aby pokazać choinkę. – No i jak?

– Zielono i pachnąco – powiedział, spoglądając na okryty białym obrusem stół i butelkę czerwonego wina. – Wszystkiego najlepszego. – Przygarnął ją do siebie i mocno przytulił. – Poczekaj. – Niechętnie wypuścił ją z objęć. – Nie przyjechałem z gołymi rękami. – Po chwili wszedł znowu do pokoju, niosąc pudło z tradycyjnym śląskim przysmakiem, na którego punkcie szalał w dzieciństwie. – Spróbuj, tęskniłem za tym okrągły rok.

Postawiła na stole złocisty kołocz, a on otworzył wino. Wieczerza składała się z dwóch dań. Ze zrobionych przez mamę Ani pierogów, które córka przyniosła na swoją Wigilię, oraz z wiezionego przez pół Polski kołocza.

– Nigdy nie myślałem, że wino może pasować do pierogów – zaśmiał się Wiktor.

– Nigdy nie myślałam, że kołocz może pasować do wina – odpowiedziała mu uszczęśliwiona Ania.

W radiu puszczano kolędy, a znajomy głos didżeja czarował słuchaczy.

– *W dzień taki jak ten otwieramy serca, dzielimy się z kochanymi osobami tym, co w nas najlepsze...* – mówił prowadzący audycję Art.

– Która to już nasza Gwiazdka, Wiktor? – odezwała się cichym głosem Ania. – Trzecia?

– *Życzymy sobie, aby spełniły się nasze najskrytsze marzenia...* dochodził do nich ciepły głos didżeja.

– Niedługo będziemy musieli sobie przypominać, jak wyglądała ta pierwsza – dodała z odrobiną żalu Ania.

Położył palec na jej ustach i nakazał milczenie.

– *Cicha noc, święta noc, Pokój niesie ludziom wszem...*
– z radia płynęła teraz ich ulubiona kolęda.

– Spotkałem Świętego Mikołaja, prosił mnie, abym ci coś dał... – Uśmiechnął się do niej i wyjął z kieszeni długą elegancką kopertę.

Na papierze bordo lśniły brokatowe gwiazdki.

– Zaproszenie na bal? – spytała niepewnie, sięgając po niespodziewany prezent.

– Coś lepszego. – W jego oczach pojawił się błysk.

– Sama zobacz.

Ania wyjęła ostrożnie dwa zapisane drobnym maczkiem blankiety znanego biura podróży.

– Pamiętasz, rozmawialiśmy o raju... – wyszeptał Wiktor. – Lecimy tam na sylwestra, lecimy na Ibizę już za kilka dni...

– Wyjeżdżamy? Naprawdę!? – zawołała, zrywając się z krzesła.

– *Słyszeliście dzwoneczki? Przed oknem czeka zaprzęg Świętego Mikołaja. Zawiezie mnie do Nibylandii...* – rozbrzmiewał głos ulubionego prezentera. – *Jeszcze raz wszystkiego najlepszego. Usłyszymy się już za kilka dni w specjalnej sylwestrowej audycji. Przywitam z wami Nowy Rok... to prezent od mojego szefa... Każdy ma taki prezent, na jaki zasłuży* – zaśmiał się cicho. – *Do usłyszenia, kochani...*

Za oknem nieprzerwanie padał gęsty śnieg.

21

Migające światła dyskoteki odebrały jej na chwilę ostrość widzenia. W kłębiącym się tłumie widziała spocone twarze i nieprzytomne oczy, w których czaiło się szaleństwo. Nagle srebrna rura wisząca na galerii klubu wypluła z siebie pianę prosto na szalejący w dole tłum.

– Zaraz utoniemy w tym śniegu... – krzyczała zachwycona Ania. – To obłęd!

Tańczący podrzucali już w górę białe strzępy lądujące na ich głowach.

Ania wybiegła ze śmiechem z dusznego klubu i oparła się o ustawioną tuż przy wejściu do portu kartonową reklamę całodniowych rejsów po Balearach. Pulsująca muzyka, dymy unoszące się w ciemnościach przecinanych błyskami reflektorów, poufałe gesty zupełnie obcych ludzi, wszystko to wdzierało się jej w świadomość, siejąc słodkie spustoszenie.

– Nie masz już siły? – usłyszała rozbawiony głos Wiktora. – To niemożliwe...

Opalony, w białej rozpiętej pod szyją koszuli i jasnym garniturze wyglądał jak uosobienie kobiecych marzeń.

– Skąd oni się tu wszyscy wzięli? – Ania stukała obcasem w rytm muzyki dobiegającej z wnętrza klubu, pokazując bawiących się tam w kolorowych trykotach tancerzy.

Impreza dopiero się rozkręca, do północy jeszcze okrągłych osiem godzin – Wiktor przekrzykiwał głos należący do didżeja Ekstazy, który tego dnia siedział za konsoletą w słynnym klubie El Diablo. – Musimy się wybawić za wszystkie czasy, chodź! – Pociągnął Anię w stronę wejścia prosto do roztańczonego namiotu.

– Jeszcze zdążymy! – krzyknęła. – Lepiej coś zjedzmy, zawsze możemy tu wrócić. – Uniosła dłoń, pokazując czerwony stempel przedstawiający rogatego diabła siedzącego za perkusją.

Nie usłyszała słów Wiktora, ale domyśliła się ich znaczenia. Wiktor już torował im drogę w tłumie nacierającym na drzwi dyskoteki.

Po chwili wspinali się stromą uliczką wijącą się między białymi murami, a housowe kawałki rozbrzmiewające w El Diablo stawały się coraz cichsze, ustępując miejsca spokojniejszym rytmom płynącym z porozrzucanych na ulicach kawiarenek.

Nie zastanawiali się, dokąd idą. Barwny tłum turystów, którzy przylecieli na Ibizę z całego świata, aby się wyszaleć, porywał ich teraz jak barwna rzeka, niosąc w sobie tylko znanym kierunku.

Migające lampiony zawieszone nad ulicą, zieleń palm udekorowanych serpentynami, zapach grillowanych na ulicy ryb oraz aromat taniego wina gwałtownie atakowały ich zmysły.

Mimo grudniowego wieczoru wyspa z egzotycznej pocztówki była rajem, w którym wszyscy oddawali się ekstatycznemu misterium oczekiwania na Nowy Rok. Liczyła się tylko teraźniejszość.

– Ciekawe, jak długo będziemy musieli szukać jakieś wolnej knajpy? – zapytał Wiktor. – Te widoki zaostrzyły mi apetyt, zaraz umrę z głodu.

– Ciesz się, że nie musisz wlec ze sobą tej kanarkowej walizki – zauważyła Ania, pokazując parę turystów, którzy w ostatnim momencie przylecieli na wyspę, a teraz z trudem ciągnęli pod górę swoje bagaże. – A swoją drogą, to chyba zwariowałeś, pakując do niej wszystkie rzeczy. Przecież nie zamieszkamy tu na stałe.

Wiktor zaśmiał się nerwowo i wzruszył ramionami.

– Nie potrafię inaczej, Aniu. – Objął ją ramieniem. – Gdzie ja, tam i moja żółta walizka. Po prostu lubię ją mieć ze sobą.

Nad wyspą przeleciał nisko samolot, jakby zielona wysepka zagubiona na morzu była tranzytem do lepszego świata.

Znaleźli się na małym placyku, który niespodziewanie otworzył się przed nimi w labiryncie ulic. Rozbrzmiewała tam głośna muzyka, a na fasadzie białej katedry pulsowały kolorami jej psychodeliczne wizualizacje. Przy wyciągniętych na zewnątrz stolikach paliły się czerwone lampiony oświetlające roześmiane twarze uczestników sylwestrowej fiesty.

– Patrz, tam jest wolne miejsce! – Ania szybko pociągnęła Wiktora za rękę, chcąc ubiec kilku Marokańczyków oczekujących na stolik.

Siedzieli teraz na wiklinowych krzesłach tuż obok wielkiego kaktusa sięgającego prawie kamiennego balkonu obdrapanej kamienicy. Ania ostrożnie dotknęła zwisającej nad stołem zielonej łodygi pokrytej ostrymi kolcami.

– Broni się przed światem – szepnęła z zachwytem. – Chciałabym mieć taki w domu.

Wiktor sięgnął do kieszeni i wyjął kompaktową cyfrę, z którą nigdy nie rozstawał się w czasie podróży. Nazywał ją notatnikiem, gdyż zapisywał w niej mniej lub bardziej ważne chwile swego życia. W prostokącie wizjera widział teraz profil Ani, oświetlony ciepłym światłem kawiarnianych lamp. Rozległ się cichy trzask migawki.

Ania podniosła głowę i posłała mu czułe spojrzenie.

– Urwij kawałek i weź sobie na pamiątkę – zaproponował Wiktor i nie czekając na odpowiedź, złapał łodygę przez serwetkę i ułamał kawałek rośliny, wrzucając jej do torebki.

– Oszalałeś? – Ania rozglądała się na wszystkie strony.

– Włożysz go do wody, to może wypuści korzenie. – Wiktor śmiał się z jej obaw. – Wyluzuj się, przecież nikt nic nie zauważył.

Złożyli zamówienie i po paru minutach na stole wylądowały prażone migdały, *gazpacho*, kilka katalońskich przysmaków i dzban regionalnego wina. Wiktor zdjął marynarkę i przewiesił ją przez krzesło, sięgając po garść orzechów.

– Gdzie uczcimy Nowy Rok? – dopytywała się Ania. – Będziemy się włóczyć uliczkami czy pójdziemy na plażę? A może wolisz wrócić o północy do pokoju?

– Pójdźmy na żywioł – zaproponował. – Lepiej niczego nie planować.

Nagle muzyka przycichła i fioletowe światło reflektorów wydobyło z ciemności linę. Drżała rozciągnięta na tle granatowego nieba pomiędzy katedrą a wysoką patrycjuszowską kamienicą wyrastającą po przeciwnej stronie placu. Rozległy się gromkie brawa publiczności.

– *Ladies and gentlemen...* – ubrany w strój klauna konferansjer zapowiadał występ włoskiego linoskoczka.

Zaczynał się pokaz. Klaun porzucił mikrofon i uderzał teraz mocno w ogromny bęben zawieszony na ramionach. Reflektor szperał przez chwilę w poszukiwaniu czegoś na fasadzie katedry, aż wreszcie w małym okienku dzwonnicy odnalazł wychylającego się śmiałka.

– To niemożliwe... – wyszeptała ze strachem Ania.

Kolejna fala oklasków przywitała człowieka nietoperza. Ubrany w lśniący szafirowy kombinezon ze skrzydłami, którymi poruszał najlżejszy podmuch wiatru. Był tak kruchy i nierzeczywisty, że przez chwilę Ania miała wrażenie, iż zaraz zniknie. Przypomniała sobie kasztanowego ludzika, który spadł z parapetu porwany przez jesienny wicher.

– Wiktor, czy to bezpieczne? – spytała drżącym głosem.

– Nie wiem, ale zaraz się okaże – odpowiedział, wpatrując się uważnie w widoczne wysoko małe okienko. – Nie szedłby przecież bez asekuracji, ale z tej odległości niewiele widać.

Linoskoczek ukłonił się nisko, stawiając pierwszy krok na linie. Morze uniesionych głów i bliskość nieba musiały wydawać mu się wystarczającym powodem, aby rozpocząć swoją podróż na drugą stronę. W dłoniach trzymał długą tyczkę. Balansował nią ostrożnie, utrzymując równowagę. Gdy pozostawił za sobą okienko katedry, powiew wiatru poruszył skrzydłami jego stroju, jakby za chwilę miał odfrunąć. Przez tłum przeszło niespokojne westchnienie.

– Nie rozumiem, jak można tak ryzykować? – wyszeptała Ania. – Nie weszłabym tam za żadne skarby świata!

– No nie wiem... – Wiktor spojrzał na uniesioną w górę stopę, która bez wahania wylądowała na kolejnym odcinku mocno naprężonej liny. – Z jednej strony ryzyko, z drugiej sława...

– Och! – rozległ się w tłumie pełen przerażenia głos. Ktoś wywrócił pustą szklankę z kolorową parasolką. Ktoś inny roześmiał się, ale zaraz został uciszony niecierpliwym posykiwaniem publiczności.

Linoskoczek był już w połowie drogi. Nagle zatrzymał się, jakby stracił pewność. Stał teraz nieruchomo, całym ciałem wyrażając targający nim niepokój.

– *Avanti*! – krzyknęła histerycznie jakaś dziewczyna, wspinając się na kawiarniany stolik.

– *No tengas miedo!* – zawołał mały chłopiec, chcąc dodać mu odwagi.

Ania zasłoniła oczy.

– Popatrz, znów idzie. Nic się nie stało! – Wiktor objął ją ramieniem i mocno przytulił. – Czasem trzeba pokonać strach, żeby ruszyć dalej... – mruknął jej do ucha. – Już po wszystkim.

Linoskoczek przeszedł ostatni odcinek z gracją, wywołując tym burzę oklasków. Gdy zeskoczył na balkon renesansowej kamienicy, z balustrady spłynęła ogromna żółta flaga poprzecinana czerwonymi pasami z napisem: *HAPPY NEW YEAR!* Artysta ukłonił się publiczności, a zebrani na placyku turyści wyrzucali w górę marynarki i kapelusze, wydając dzikie okrzyki. Z głośników ryknęła muzyka i tłum zaczął na nowo falować. Ludzi ogarnęło nagłe szaleństwo.

– Uwielbiam szczęśliwe zakończenia! – krzyknęła radośnie Ania, dopijając jednym haustem wino. – Wyobrażam sobie, jaki jest dumny, że znów mu się udało.

– Tym razem się udało... – powiedział cicho Wiktor. – Lecz nie wszystkie zakończenia są szczęśliwe... – rozpoczął, jakby chciał powiedzieć jej coś ważnego.

– Skąd te czarne myśli? – przerwała, wpatrując się w niego błyszczącymi ze szczęścia oczami. – Przed nami Nowy Rok! Kolejny nasz rok! Chodź!

– Zerwała się z miejsca i nie czekając na Wiktora, zaczęła przeciskać się między stolikami.

Złapał marynarkę, wpatrując się w odsłonięte plecy jej wieczorowej sukni.

– Wiktor, pospiesz się. – Odwróciła się. – Idziemy dalej. No chodź – niecierpliwiła się, tańcząc w miejscu.

Ciemnoskóry chłopak podjął jej rytm, wzbudzając entuzjazm kawiarnianych gości. Wiktor rzucił na stół banknot i potrącając najbliższe krzesło, wymamrotał jakieś przeprosiny. I już był przy Ani, obejmując ją władczym ruchem.

– *Happy New Year*! – uśmiechnął się do chłopaka i pociągnął za sobą rozbawioną Anię.

Ruszyli przytuleni w stronę wylotu ulicy, gdy na placyk wypadł taneczny korowód. Poruszał się jak wąż, szedł jak fala przypływu, która zgarniała po drodze wszystko. Porywał przypadkowych przechodniów i włączał ich w swój szalony taniec. Nawet nie mieli czasu, aby zareagować, wymknąć się w boczną uliczkę. Dziki korowód wciągnął ich w siebie i musieli mocno trzymać się za ręce, aby nie dać się rozdzielić.

Muzyka zagłuszyła wypowiadane słowa i popędzili w dół, prosto w stronę portu. Kręte ulice wypluwały czoło korowodu, który nieuchronnie zmierzał na plażę, gdzie zapalały się już pochodnie żonglerów. Wiktor jedną ręką wyciągnął z kieszeni komórkę i spojrzał na świecący w ciemnościach cyferblat, sprawdzając godzinę. Ktoś pociągnął mocniej Anię i poczuła, jak jej dłoń wyślizguje się z uścisku Wiktora. Odwróciła się, w panice napotykając jego spojrzenie.

Oddalali się teraz od siebie niesieni szalonym nurtem rzeki ludzkich ciał. Ania wyciągnęła ręce, ktoś chwycił ją za łokieć, więc wyrwała się, odszukując wzrokiem Wiktora. Stał niedaleko, rozdzielony z nią przez kołyszący się w ekstatycznym tańcu tłum.

– Odchodzę! – krzyknął zagłuszany przez narastającą muzykę.

Poruszał bezgłośnie wargami i choć chciała, nie mogła odczytać wypowiadanych słów.

Patrzył na nią intensywnie, jakby chciał zapamiętać ten obraz. Opadające ramiączko sukni, rozpuszczone na ramionach włosy, otwarte usta wypowiadające jakieś słowa.

– Jestem szczęśliwa! – odpowiedziała, usiłując przedrzeć się do niego, zawrócić bieg korowodu.

Słyszał tylko wrzask tłumu i potężniejącą muzykę, która wdzierała się w dzielącą ich przestrzeń.

– Żegnaj... – szepnął, rzucając jej ostatnie spojrzenie.

– Też cię kocham! – krzyczała ochrypłym głosem, wspinając się z trudem na palce.

Kolejna fala tancerzy zasłoniła Wiktora. Ujrzała jeszcze jasną marynarkę, która mignęła jej w tłumie, a potem korowód porwał ją dalej jak szmacianą kukiełkę. Twarze wokół wydawały się tak obce. Jedni nosili maski, inni kolorowe peruki, jeszcze inni mieli ostre makijaże. Wstrząsnął nią dreszcz i w tym momencie znalazła się w ramionach obcego mężczyzny. Objął ją, ściskając w drugiej ręce butelkę szampana.

– *Happy New Year!* – krzyknął Ani prosto do ucha i potrząsnął zachęcająco butelką, oblewając jej suknię.

Uwolniła się z uścisku i podskoczyła wysoko, mając nadzieję, że dostrzeże gdzieś w tłumie Wiktora.

– Wiktor! Wiktor! – zaczęła krzyczeć, rozglądając się na wszystkie strony.

– Nie widziałaś go? To mój chłopak! – zaczepiła tańczącą tuż przy niej dziewczynę, która wydała jej się znajoma.

– *What*? – spytała i odwróciła się obojętnie.

Ania dostrzegła w tłumie białą marynarkę i podbiegła z nadzieją, łapiąc jej właściciela za ramiona. Spojrzał na nią ze zdziwieniem. Roześmiał się i dmuchnął dziewczynie prosto w twarz wydającą przeraźliwy odgłos papierową piszczałką. Złapał ją za rękę i pociągnął w gęsty tłum. Nie mogła się wyrwać z żelaznego uścisku. Ze wszystkich stron atakowały ją twarze nieznajomych. Przyglądali się jej szyderczo, a na pytanie, czy nie widzieli Wiktora, jej chłopaka, wybuchali śmiechem, który ranił bardziej niż samotność. Wreszcie zagubiła się w tłumie roztańczonych par, tracąc nadzieję, że odnajdzie go w tym szaleństwie.

22

Ostre światło poranka wydobywało kontury małżeńskiego łoża z kremową jedwabną pościelą. Ania spała zwinięta w kokon kołdry, jakby chciała schować się przed całym światem. Przez uchylone balkonowe drzwi wdzierał się chłód poranka.

Otworzyła jedno oko, odzyskując natychmiast trzeźwość umysłu. Wpatrywała się z niedowierzaniem w pustą poduszkę. Wiktor nie wrócił.

Przypomniała sobie nocny bieg uliczkami, absurdalne rozmowy, szampana wypitego na plaży w przypadkowym towarzystwie, a potem hotelowe lobby. W żaden sposób nie mogła wytłumaczyć młodemu recepcjoniście, że zgubiła chłopaka. Przyglądał jej się z pobłażliwym uśmieszkiem i zarzekał się, że nie ruszał się stąd nawet na minutę, a przez całą noc nikt nie brał klucza do ich pokoju.

Telefon Wiktora nie odpowiadał, a poznani poprzedniego dnia Francuzi pocieszali ją, że na pewno zaraz się znajdzie. Gdy poszli do swojego apartamentu, usiadła na hotelowej kanapie, postanawiając czekać na niego w holu. Wpatrywała się z nadzieją w obrotowe drzwi. Najmniejszy hałas sprawiał, że zrywała się z miejsca, aby zaraz odkryć, że to tylko zawiani turyści powracający z sylwestrowych imprez. Znikali w windzie i znów zapadała cisza.

Wiktor nie wracał. Wyobraźnia podpowiadała jej różne scenariusze, aż wreszcie zmęczona wzięła klucze i powlokła się do pokoju. Nawet nie zapalała światła. Zrzuciła tylko sukienkę i wsunęła się pod kołdrę. Usnęła znużona, nie doczekawszy jego powrotu.

Śnił jej się Wiktor spacerujący po linie. Robił to z ogromną łatwością, podziwiany przez publiczność w jaskrawym świetle reflektorów. Krzyknęła przestraszona, więc pomachał do niej uspokajająco, dając znak, że nie ma się czego bać, bo bez trudu przejdzie na drugą stronę i otrzyma zasłużone brawa. Nagle zachwiał się i runął prosto w tłum zapatrzonych gości.

Zerwała się z krzykiem, lecz po chwili senny koszmar rozwiał się i zasnęła, przekonana, że nad ranem obudzi się w objęciach Wiktora.

Ale życie napisało inny scenariusz. Patrzyła z niedowierzaniem na nietkniętą poduszkę, nie mogąc zrozumieć, co się stało.

Wstała z łóżka, sięgając po telefon, lecz kątem oka dostrzegła na dywanie starannie złożoną kartkę, która zsunęła się z nocnego stolika. Powoli odłożyła słuchawkę. Ujrzała swoje imię wykaligrafowane znajomym charakterem pisma.

Są wiadomości, których nigdy nie chcielibyśmy usłyszeć, są listy, których nigdy nie chcielibyśmy otworzyć. Ania czuła, że leżąca na dywanie kartka kryje w sobie ten rodzaj tajemnicy. I wiedziała, że jeśli ją podniesie, nic już nie będzie takie samo. Patrzyła przez chwilę na list, czując gwałtowne uderzenia serca, aż sięgnęła i szybkim ruchem rozprostowała kartkę.

Na cienkiej jak bibułka papeterii z logo hotelu El Cactus ujrzała skreślone pospiesznie słowa.

Aniu,
kiedy przeczytasz ten list, będę już bardzo daleko. Wybacz, proszę, że nie zdążyłem wyjaśnić Ci kilku spraw. Może to i lepiej. Słowa mogłyby powiedzieć zbyt wiele, niepotrzebnie pogrzebać w nas coś, co było prawdziwe.

Mam nadzieję, że się dobrze bawiłaś. Zawsze wiedziałem, że jeżeli już musi nastąpić koniec, to niech przynajmniej będzie on radosny. Pamiętasz Glorię? Nie pozwoliłaś odebrać Jej wspomnienia. Nam też nikt nie odbierze naszego szczęśliwego filmu, bo byliśmy szczęśliwi, prawda? Żegnaj!

Wiktor

Rozejrzała się po pokoju, widząc z całą jaskrawością otaczającą ją przestrzeń. Nie pozostał tu żaden ślad obecności Wiktora. Zniknęła też żółta walizka, z którą wprowadził się na chwilę do jej życia. Była sama. Porzucona w samym środku niedokończonej historii.

23

Migający na ścianie neon z napisem *Banialongo Bar* wydobywał z półmroku studia pochyloną nad listem Magdę. Ania milczała oparta o kontuar długiego baru. Wydawało się, że oczy manekina siedzącego naprzeciwko na wysokim stołku spoglądają na nią z pobłażaniem.

Banialongo wyglądało, jakby przeszedł tamtędy huragan i zmiótł wszystko jednym potężnym dmuchnięciem. Pozostały tylko nagie manekiny, pootwierane szafy i rulony projektów, zwinięte na pokrytych metalowymi blatami stołach. W kącie pracowni na sypiącej się choince wisiało kilka ozdób. Niektóre z gałęzi dotykały już podłogi ginącej w stosach suchych igieł.

– I co, przeczytałaś? – spytała, sięgając po kieliszek, aby dopić resztkę szampana.

Butelka przywieziona przez Magdę z Paryża miała być sylwestrowym prezentem dla Ani. Korek nie wystrzelił, a smętne bąbelki nie poprawiły im i tak już ponurego nastroju.

– Dobra, powiem ci – odezwała się zdecydowanym tonem Magda. – To są bzdury, sentymentalne bzdury. Nawet na koniec nie potrafił zachować się jak mężczyzna... najlepiej wyrzuć to do kosza i zapomnij... – odsunęła z niechęcią list, spoglądając w stronę siedzącego przy barze manekina. – Nie ma się co gapić, ciesz się, że nie umiesz czytać!

– Łatwo powiedzieć... – rzuciła Ania. – To nie ciebie zostawił w samym środku tej przeklętej wyspy...

– Anka! – przerwała jej w pół słowa Magda. – Mówię ci, dałaś mu się wkręcić... – Zerwała się z miejsca, potrącając manekina, który zwalił się z hukiem pod kontuar. – Po prostu nie potrafił ci powiedzieć tego prosto w twarz. Zwykły tchórz i tyle.

– Ale po jaką cholerę wywoził mnie na tę przeklętą wyspę? – wybuchnęła Ania. – Żeby mnie porzucić?

Magda podniosła manekina i równo ustawiła go przy barze.

– Popapraniec i tyle. Nie próbuj go nawet zrozumieć... – powiedziała po chwili zastanowienia.

– Może popełniłam jakiś błąd... – zawahała się Ania. – Może powinnam była...

– Królewno, nie dorastał ci nawet do pięt... niech sobie siedzi w tym swoim Londynie i nie wraca...

Tacy jak on dla kariery sprzedadzą duszę nawet diabłu.

– Peryskopa już dostał... – zauważyła Ania – za te zdjęcia Klekota.

– No widzisz, ty byłaś mu tylko potrzebna na chwilę... załapał się na chatę... podrzuciłaś mu kilka tematów. Koniec, kropka.

– Podobno mieszka tam z Zuzą... – Ania powtórzyła wiadomość, która krążyła po redakcji „Podglądu" w charakterze najnowszego newsa.

– Nie dziwiłabym się... ale jej tak łatwo się nie wywinie – dodała z satysfakcją Magda. – Takim jak on prędzej czy później powinie się noga. Jej nie weźmie na te gadki o trudnym dzieciństwie...

– Ale naprawdę porzuciła go matka – Ania usiłowała jeszcze tłumaczyć Wiktora.

– No i co z tego? Czy dlatego musiał porzucić ciebie? – oburzyła się przyjaciółka.

Nagle jednemu z siedzących przy barze manekinów opadła na kontuar głowa.

– Możesz wyprosić stąd tych panów? – spytała Ania. – Nie widzisz, że nie potrafią się zachować?

– Daj im jeszcze ostatnią szansę... Zobacz. – Kiwnęła głową w stronę okna. – Ciemno, ponuro i jeszcze ten przenikający do szpiku kości wiatr... Nie mają nawet ubrań, biedacy. – Podjęła grę, chcąc odwrócić jej uwagę od Wiktora.

– Dobra. To powiedz im, że w Banialongo nie ma pokładania się na barze – kategorycznie domagała się Ania.

– Panowie... – Magda zwróciła się do manekinów, zachowując kamienny wyraz twarzy. – Albo zachowujecie się jak dżentelmeni, albo się stąd zmywacie.

– Ty to wiesz, jak traktować facetów – powiedziała z uznaniem Ania i po raz pierwszy tego wieczoru na jej ustach pojawił się blady uśmiech.

Za oknem rozbrzmiewały wrzaski bawiących się po przeciwnej stronie ulicy sąsiadów. Ktoś stał w oknie, wymachując butelką, ktoś inny tańczył, wtórując rykiem śpiewającej w radiu Fidze: *Zamknij wreszcie drzwi, zabierz stąd swój cień. Przestań liczyć dni, już nie spotkasz mnie. Kartki fruną wciąż, pełne pustych słów. Kłamstwa, prawdy, sny wciąż wirują, wciąż... Oddaj mi mnie, bo gubię się. Oddaj mi mnie...*

– Od sylwestra jest na topie... – mruknęła Magda i zamknęła okno.

24

Zmrużyła instynktownie oczy, oślepiona światłem włączonych nagle reflektorów.

– Iza, zrób coś z tym nosem! – rozległ się głos i Ania podskoczyła nerwowo, czując uwierające ją w plecy oparcie fotela.

„Coś jest nie tak z moim nosem?" – pomyślała w panice.

– To nie choinka, nie może się świecić – niecierpliwił się reżyser nagrania.

Nie mogła uwierzyć, że odważyła się przyjść na casting do rozpoczynającej działalność na polskim rynku TVV, słynnej na całym świecie Television for Vision poszukującej osoby do prowadzenia nowego programu. Po tym, jak zrezygnowała z pracy w „Podglądzie", całą zimę przesiedziała w domu i miała już serdecznie dość powracania myślami do minionych wydarzeń.

„Stało się. Koniec i kropka" – powtarzała jej Magda, próbując bezskutecznie wyciągnąć przyjaciółkę na jakąś klubową imprezę albo namówić do szukania nowych wyzwań.

„Na mieście mówią, że to telewizja z napędem na cztery koła" – przekonywała ją przez telefon Mariola. – „Jak nie ruszysz się z miejsca, świat do ciebie nie przyjdzie...".

Tego dnia obudziła się z poczuciem, że coś się zmieniło. Spojrzała w stronę okna, gdzie na parapecie, w kamiennej donicy, rósł przywieziony z Ibizy kaktus. Wahała się, czy go posadzić, ale nie miała serca wyrzucić pięknej łodygi. Teraz pojawił się na niej kwiat.

Ania postanowiła rzucić światu wyzwanie.

Poczuła na nosie dotyk gąbeczki i poddała się szybkim ruchom wizażystki robiącej ostatnią korektę. Powoli przyzwyczajała się do ostrego światła, wpatrując się w niebieską tablicę, na której tle widniało logo telewizji. Śliski jedwab sukni w kolorze bakłażana połyskiwał w blasku świateł, a mocny makijaż uczynił jej urodę bardziej wyrazistą.

– Kamera ją lubi – mruknął operator, puszczając oko do dźwiękowca. – Niech tylko powie coś do rzeczy i robotę ma w kieszeni. Stawiam na nią.

– O flaszkę? Jak zwykle? – spytał półgłosem dźwiękowiec.

– Stoi – odpowiedział operator, kadrując siedzącą nieruchomo Anię.

– Możemy wreszcie zaczynać? – rozległ się zniecierpliwiony głos z reżyserki. – Jeszcze ponad sto osób, nie będziemy tu siedzieć do rana.

– Przedstaw się i powiedz kilka słów o sobie – zaproponował prowadzący casting dziennikarz z TVV.

– Anna... – odezwała się cicho.

– Głośniej, proszę! – przerwał jej lekko zirytowany. – Nie przyszła tutaj pani do spowiedzi...

Dźwiękowiec spojrzał z satysfakcją na kolegę, robiąc wymowny ruch ręką, mogący oznaczać jedynie to, że flaszka jest już jego.

Ania kątem oka zauważyła niedwuznaczny gest mężczyzny w czarnych słuchawkach.

„Tym razem się wam nie dam – zbuntowała się w duchu. – Już raz dałam ciała, limit wyczerpany".

Uśmiechnęła się słodko do dźwiękowca, bo przez chwilę wydało jej się, że za pomocą mikrofonu, który trzymał na tyczce nad jej głową, mógłby podsłuchiwać myśli.

– Anna Białecka – powiedziała donośnym głosem. – Dobrze?

Dźwiękowiec skrzywił się boleśnie. Siedzący za konsoletą realizator wyregulował poziom nagrania.

„Sun Zi powiada: *Jeżeli siły wroga są przeważające, wybierz najsłabsze ogniwo i działaj z zaskoczenia*" – przypomniała sobie słowa chińskiego mędrca, pochodzące z ofiarowanego jej przez Glorię traktatu.

Nie miała teraz czasu na subtelne wywody. *„First before all,* jak mawiał nieśmiertelny Cox" – przemknęło jej jeszcze przez myśl i rozpoczęła pewnym głosem: – Stan wolny, umysł niezależny, zainteresowania wszechstronne – spojrzała prowokacyjnie na dziennikarza, wytrącając go na chwilę z nużącej rutyny.

– Czym chciałabyś się, sorry... – w jego głosie wyczuć można było lekkie zamieszanie. – Czym pani chciałaby się u nas zajmować? – zapytał. – Ale tak w kilku zdaniach...

„Na wielkie zwycięstwa składają się małe wygrane – pomyślała. – *Uderz znienacka w najsłabszy punkt w sposób, którego nieprzyjaciel się najmniej spodziewa".*

– Zawsze chciałam robić wywiady. – Poprawiła się w fotelu. – Ale takie, które nie znikną z chwilą, gdy zgasną światła, lecz trwać będą dłużej w wyobraźni widza. W życiu każdego człowieka są momenty, które wydobyte na światło dzienne mogą pomóc innym w odnalezieniu siebie... – mówiła z coraz większą swobodą, świadoma wrażenia, jakie wywiera na obserwującej ją ekipie.

– Ty, ale ma gadane, flacha w plecy. – Dźwiękowiec pokiwał ze smutkiem głową do operatora, który mijał go, robiąc efektowną jazdę.

– W porządku... czuję się przekonany – dziennikarz przerwał jej, unosząc rękę. – A gdybym teraz przyprowadził tu nieznaną osobę, zrobiłaby pani z nią wywiad? – spytał niespodziewanie. – Tak na żywca, bez przygotowania i materiałów?

– Czemu nie? – Ania przechyliła głowę i nagle uśmiechnęła się, patrząc prosto w kamerę.

– O rany! – jęknął operator. – Mogłaby nic nie mówić, tylko tak się uśmiechać. To by mi wystarczyło.

– Tobie może tak, ale nie widzom – skomentowała chłodno wizażystka.

– Okej. – Dziennikarz spojrzał w stronę reżyserki i kiwnął głową. – Art, masz chwilę?

Ania zamarła na dźwięk znajomego imienia. Przypomniała sobie skrojoną na kształt fali wizytówkę radiowego didżeja. Plątała się w szufladzie od kilku miesięcy. Była to jedna z niewielu rzeczy Wiktora, pozostawionych przez niego w jej panieńskim mieszkaniu. Kilka razy miała już ją wyrzucić, ale wierzyła, że nic nie dzieje się przypadkiem, więc uśmiechając się pod nosem, za każdym razem odkładała wizytówkę do szuflady. Czasem los daje nam znak i wtedy należy mu się poddać, bo wiadomo, że jest mądrzejszy od ludzi.

– Nie ma sprawy – usłyszała dobrze znany głos didżeja.

Przez wiele miesięcy dotrzymywał jej towarzystwa, prowadząc w radiu nocne rozmowy. Kilka razy miała nawet ochotę zadzwonić, ale w ostatniej chwili traciła odwagę.

– Z przyjemnością poddam się inwigilacji. – Rozległ się śmiech i w chwilę potem w drzwiach pojawił się wysoki jasnowłosy chłopak. – Cześć, Anka – powiedział swobodnym tonem. – I znowu się spotykamy...

Poczuła szybsze bicie serca.

– Cześć! Trzeba przyznać, że masz pamięć do imion – odpowiedziała i wykonała zachęcający gest, wskazując mu pusty fotel.

– Takich zjawisk jak ty się nie zapomina... – Art zajął miejsce.

– Może odpuścicie sobie ten salon – rozległ się głos z intercomu. – Zaczynamy!

– Nazywają go Art – zwróciła się prosto do kamery. – Już samo imię jest wystarczająco tajemnicze, aby pokusić się o próbę rozwikłania zagadki osobowości.

– Witaj, Art! – Pochyliła z wdziękiem głowę w charakterystycznej dla siebie pozie. – Nie jesteś znowu taki obcy. Podejrzewam, że część widzów już po pierwszych twoich słowach wie, z kim mam przyjemność rozmawiać.

– Tak sądzisz? – Uśmiechnął się leniwie, czekając na dalsze słowa.

– Jak to jest, gdy siedzisz samotnie w studiu radiowym w samym środku nocy i słuchacze ujawniają przed tobą swoje emocje? Czujesz brzemię odpowiedzialności czy upajasz się swoją władzą, bo przecież taki rząd dusz jest niezwykle kuszący?

Wyraźnie zaskoczyła go tym pytaniem.

– Rzeczywiście czuję się jak demiurg – przyznał, krzyżując długie nogi. – Czasami mam wrażenie, że wystarczy jedno słowo, aby zmienić czyjeś życie.

– I wypowiadasz je czasem? – spytała.

– Nigdy nie posuwam się za daleko – odpowiedział. – Wiem, kiedy powiedzieć stop.

– Art... – kontynuowała Ania – sądzę, że praca w radiu pozwala ci ukrywać własną twarz, chowasz się za głosem, twój rozmówca nie może cię rozszyfrować. Nie odsłaniasz się do końca. Czy właśnie dlatego wybrałeś taki zawód? Jesteś nieśmiały? – drążyła.

– Może trochę... – zamyślił się Artur i przez chwilę wydawało się, że zapomniał o tym, że to tylko gra, przesłuchanie kolejnego kandydata na dziennikarza TVV. – Ale kręciło mnie raczej, że mogłem ludziom dawać poczucie intymności chwili. To bardzo ważne. Wiesz, Anka, taki dialog czasem...

– Dziękujemy! – nieoczekiwane słowa zburzyły nastrój rozmowy. – Myślę, że to wystarczy – zadecydował siedzący w reżyserce producent. – Dziękujemy!

– To wszystko? – spytała z niedowierzaniem.

Art zerwał się z fotela i wyciągnął do niej rękę.

– Czy ty zawsze musisz mnie nakłaniać do wstawania w miejscach publicznych? – zapytała z nerwowym śmiechem.

– Mam to we krwi – odpowiedział z poważną miną. – Chodź, wyjdziemy na korytarz i pogadamy.

Wiszące nad drzwiami lampy z napisem *Cisza* sygnalizowały, że w sąsiednich studiach trwają nagrania. Art podszedł do automatu z kawą.

– Jestem trochę oszołomiony. Zawsze to ja prowadzę wywiady. Masz ochotę? – spytał, odwracając się z uśmiechem.

– Poproszę bez cukru – odpowiedziała, patrząc uważnie na rozluźnionego Artura.

Uświadomiła sobie, że tak naprawdę podobał jej się od zawsze, a jego charakterystyczny gest odrzucania z czoła niesfornego kosmyka kompletnie ją teraz rozpraszał.

Przez chwilę zobaczyła siebie z Wiktorem w słynnej kanciapie na siedemnastym piętrze budynku Voyeur Media. Na kubkach brakowało tylko oka, no i ekspres był nadzwyczaj sprawny.

– Teraz pracuję tutaj – wyjaśnił niepytany. – Można mnie już rozszyfrować... – dodał z rozbawieniem. – Będę miał swój muzyczny program, tym razem na wizji. Trzeba iść do przodu. A ty, co tutaj robisz? Czytałem twój wywiad z Glorią, narobiłaś sporo szumu w branży...

– Od czasu, kiedy mój artykuł wzięła konkurencja, skończył się romans z „Podglądem". – Ania rozłożyła ręce. – Teraz szukam pracy.

– Czuję, że już ją znalazłaś. – Uśmiechnął się szczerze. – A swoją drogą... paskudna ta historia z twoim narzeczonym. – Art wskazał leżącą obok ekspresu gazetę. – Znam Wyrwasa nie od wczoraj. Dla kariery swojej gwiazdki zrobi wszystko.

Ania szybko przebiegła wzrokiem kilka linijek.

Peryskop wstrzymany do wyjaśnienia. Według menadżera Figi zdjęcia Klekota z początkującą wokalistką były prowokacją. Polityk domaga się oczyszczenia swojego imienia i występuje o odszkodowanie – sto tysięcy złotych na cele charytatywne.

– Od kilku tygodni Figa spadała na łeb, na szyję – tłumaczył Art, który jako były prezenter Wolnej Fali doskonale znał kulisy muzycznej sceny. – Z pewnością wymyślił tę całą aferę, żeby ratować jej pozycję. Wiesz... nieważne, czy mówią dobrze, czy źle, ważne, że w ogóle mówią... Twój chłopak to świetny reporter, na pewno by czegoś takiego nie zrobił...

Wiadomość ta spadła na nią jak grom z jasnego nieba. Ania przez chwilę nie była w stanie wykrztusić nawet słowa.

– On nie jest już moim chłopakiem – odezwała się wreszcie. – Nie znam sprawy.

W tym momencie ze studia wyjrzała asystentka reżysera.

– Pani Anno, prosimy do nas. – Kiwnęła zachęcająco ręką.

– Trzymam kciuki – zdążył jeszcze rzucić zaskoczony niespodziewanym wyznaniem Art. – I nie tylko za to – powiedział, patrząc jej prosto w oczy.

Ania weszła do środka i cofnęła się, widząc kilka czekających na nią osób.

– Proszę, śmiało – odezwał się mężczyzna w okularach, który wcześniej siedział w reżyserce. – Nie gryziemy.

Rozległ się śmiech.

– Dostała pani tę robotę – oznajmił uroczyście. – Była pani najlepsza. Prawdziwy talent poznaje się już po pierwszych kwestiach... Zdecydowaliśmy bez dalszych przesłuchań – uśmiechnął się i dodał: – Witamy w zespole!

W technicznych przejściach hali rozległy się pojedyncze brawa.

– Ciesz się, że nie założyłeś się o dwie – szepnął operator do kolegi, utrwalając historyczny moment pojawienia się nowej twarzy TVV.

Gdy wyszła na powietrze, usłyszała ogłuszający świergot ptaków. Miała wrażenie, jakby świat zatrzymał się w miejscu, aby po chwili ruszyć z szaleńczą prędkością. Otworzyła blokadę roweru, posługując się znajomym hasłem. Po chwili namysłu wyrzuciła ją w trawę.

Wsiadła na swoją damkę i mocno nacisnęła pedały. Pęd wiatru rozwiewał jej włosy. Czuła, że za
chwilę uniesie się w powietrze.

Była wolna. Nareszcie wolna.

Książki oraz bezpłatny katalog
Wydawnictwa W.A.B.
można zamówić pod adresem:
02-502 Warszawa, ul. Łowicka 31
tel./fax (22) 646 01 74, 646 01 75, 646 05 10, 646 05 11
e-mail: wab@wab.com.pl
www.wab.com.pl

Realizacja i opieka nad projektem
Kaktus w sercu ze strony TVN:
Dorota Chamczyk, Joanna Wilczewska, Bożena Samojluk-Ślusarska

Redakcja: Teresa Duralska-Macheta
Korekta: Mariola Hajnus

Ilustracja wykorzystana na okładce – fragment czołówki serialu
Teraz albo nigdy! © TVN; realizacja czołówki „Fabryka Spółka
Realizatorów Filmowych Telewizyjnych": Bolesław Pawica,
Jarosław Szoda, Paweł Kloc, Grzegorz Nowiński; w czołówce
wykorzystano utwory plastyczne inspirowane widokiem: Hotel
Intercontinental – projekt zespołu architektów pod kierownictwem
Tadeusza Spychały; Rondo 1 – projekt APA Kuryłowicz&Associates,
Warszawskie Centrum Finansowe – projekt A. Epstein&Sons
International, Kohn Pedersen Fox Associates

Fotografie z serialu *Teraz albo nigdy!* na IV stronie okładki:
© TVN/Fabryka Obrazu

TVN S.A.
02-952 Warszawa, ul. Wiertnicza 166
tel. (22) 856 60 60; fax (22) 856 66 66
www.tvn.pl
www.terazalbonigdy.tvn.pl

Wydawnictwo W.A.B.
02-502 Warszawa, ul. Łowicka 31
tel./fax (22) 646 01 74, 646 01 75, 646 05 10,
646 05 11
wab@wab.com.pl
www.wab.com.pl

Druk i oprawa: Opolgraf,
Opole, ul. Niedziałkowskiego 8-12

ISBN 978-83-7414-537-4